CW01522531

AVALANCHE
HÔTEL

DU MÊME AUTEUR
chez Calmann-Lévy

Toxique, 2017
Fantazmë, 2018

NIKO TACKIAN

AVALANCHE HÔTEL

roman

© Calmann-Lévy, 2019

Couverture
Conception graphique et illustration : Axel Mahé

ISBN 978-2-7021-6329-0

« Vivre, c'est s'obstiner à achever un souvenir. »

René Char

1

Un froid glacial lui parcourait le corps. Il était allongé, nu, sur une mosaïque de carrelage vert et blanc. Un filet de sang coulait le long de sa tempe gauche. *Où suis-je ?* Une petite voix dans sa tête se battait pour recoller les morceaux. Il pivota sur le côté et prit appui sur ses genoux pour se relever. Une légère migraine résonnait dans son crâne comme une musique de bal perdu dans le lointain. Il tourna son visage et observa la pièce : une grande salle de bains aux murs verts dont la baignoire occupait toute la longueur d'une cloison. *Tu as glissé en sortant de l'eau. Tu t'es cogné le crâne*, dit la voix. Il se pencha machinalement pour constater que la cuve était vide. *L'eau a pu s'évacuer… Tu es peut-être là depuis des heures.* Face à lui se trouvait une alcôve où étaient nichés deux éviers en céramique et un immense miroir dans lequel il fixa son reflet. Il était brun, de taille moyenne, plutôt bien bâti et devait avoir la trentaine. *Tu ne te souviens même pas de ton nom ?* Il se massa les tempes, espérant secrètement que ça l'aiderait à retrouver la mémoire. Joe... Joseph... c'est comme ça qu'il devait s'appeler.

Connerie ! J'y crois pas une seconde ! martela la voix. Il serra les poings sur le rebord de l'évier et rapprocha son visage du miroir. Pendant une fraction de seconde, cet homme aux traits fins et aux yeux clairs lui sembla un parfait étranger. Il porta la main à ses tempes et ses doigts remontèrent jusqu'à une entaille sur le côté du crâne.

Une chute je te dis ! Tu t'es cassé la gueule, c'est tout ! La blessure était douloureuse, mais pas insupportable, et la migraine presque disparue. Il se demanda comment il avait pu perdre à ce point la mémoire à cause d'une simple chute. Derrière lui, une barre chromée soutenait deux serviettes blanches estampillées de larges initiales « A-H » ne lui évoquant rien. Il en passa une autour de sa taille et sortit de la salle de bains. Il se trouvait dans une belle chambre d'hôtel. Ses pieds s'enfonçaient dans une moquette épaisse d'un rouge écarlate. Devant lui, un lit deux places recouvert d'un tissu du même vert que celui de la salle de bains et encadré par deux meubles en bois sombre sur lesquels trônaient des lampes art déco et un téléphone à cadran. Sur le côté, un coin salon avec un canapé placé face à une grande porte-fenêtre d'où s'échappait une lumière blanche tellement vive qu'elle paraissait irréelle. Il se rapprocha, portant une main devant ses yeux pour atténuer la pression des rayons. Une large vallée boisée s'étendait vers l'horizon avec, au loin, la silhouette acérée d'une chaîne de montagnes. Un lac d'un bleu intense se nichait au pied des montagnes, donnant au panorama un aspect de carte postale. *On n'oublie pas un endroit pareil !* dit la voix. Et pourtant, aucun nom précis n'était associé à cette image d'Épinal. Un courant d'air s'immisça entre les joints des fenêtres et un frisson glacé raviva son mal de crâne. *Faut trouver des fringues !*

Il se retourna vers l'entrée de la chambre où était installée une armoire en chêne. À l'intérieur, une tringle sur laquelle pendaient une série de costumes sombres, tous identiques, et un nombre correspondant de chemises blanches impeccablement repassées. Il aperçut un badge épinglé sur le revers de l'une des vestes. On y voyait sa photo en noir et blanc suivie du nom « Joshua Auberson » et de la mention « Agent de sécurité », le tout surmonté du logo « A-H » déjà repéré sur les serviettes. *Tu vois que tu ne t'appelles pas Joseph ! J'avais raison, tête de nœud !*

Joshua… C'était bien lui, aucun doute là-dessus. Il était agent de sécurité dans cet hôtel depuis… longtemps. Ce n'était pas grand-chose, mais la mémoire lui revenait progressivement. Il fallait sans doute être patient. Il entreprit de s'habiller et passa des sous-vêtements découverts dans un tiroir de l'armoire avant d'enfiler une chemise, un costume et des mocassins en cuir plutôt élégants. Debout devant le miroir se trouvait l'agent Joshua Auberson, employé de l'hôtel A-H… « A » pour Airelles ou Alouettes… il n'en savait encore rien, mais ça viendrait. Une sonnerie retentit dans la chambre et il se précipita pour décrocher le téléphone.

— Joshua ? Qu'est-ce que vous faites ? questionna une voix de femme visiblement en rogne.

— Je… j'ai fait une chute, répondit-il avec hésitation.

— Une chute ? Bien… On vous attend dans le salon bleu. On avait rendez-vous à 10 heures, vous vous souvenez ? Vous avez quinze minutes de retard !

— J'arrive tout de suite, dit-il machinalement sans avoir la moindre idée d'où pouvait se trouver le salon bleu en question.

— J'espère bien !

Il raccrocha et jeta un dernier coup d'œil à la chambre – sa chambre ? – avant de se diriger vers la porte. *Tu ferais mieux de te grouiller, mon vieux,* dit la voix alors qu'il posait la main sur la poignée. Un plan de l'étage était cloué contre la porte avec le parcours à emprunter en cas d'évacuation. *Chambre 81.* Un voyant rouge s'alluma quelque part dans son crâne. 81... ce nombre lui rappelait quelque chose. Impossible de savoir quoi. Et puis il fixa le mot inscrit en lettres gothiques.

Avalanche Hôtel... A-H... Et il se dit que c'était étrange comme nom pour un hôtel.

2

En sortant de la chambre, Joshua découvrit un long couloir percé de portes identiques à la sienne. Le papier peint à bandes jaunes et vertes tranchait avec la moquette rouge sombre, et la suite de globes accrochés à intervalles réguliers au plafond diffusait une lumière tamisée renforçant encore l'atmosphère inquiétante du lieu. *À gauche*, dit la voix visiblement sûre d'elle, et il s'engagea dans cette direction sans chercher à la contredire. Une quinzaine de mètres plus loin le couloir bifurquait à angle droit vers une autre série de portes.

— Cet hôtel est immense ! s'exclama-t-il tout haut.

Et comment qu'il l'est ! Pas loin de deux cents chambres et quatre-vingt-seize suites. Joshua sentit un nouveau frisson lui parcourir l'échine : d'où venait cette voix qui lui soufflait des informations dont il était incapable de se rappeler ? Était-ce un effet secondaire de « sa chute » ou est-ce qu'il avait toujours vécu comme ça ? *J'ai toujours été avec toi, Josh*, répondit la voix comme si elle avait clairement lu dans ses pensées. *À une époque, tu m'avais même donné un petit nom : Chaminou. Mignon tout plein, non ? Plutôt ridicule, en fait...* Il accéléra le pas pour atteindre le bout du couloir. Discuter avec cet ami imaginaire dans ce lieu qu'il avait tant de mal à reconnaître le mettait mal à l'aise. Sa chute lui avait retourné le cerveau et il se dit qu'il faudrait rapidement consulter un médecin pour vérifier que tous ses neurones étaient en ordre. La perte temporaire de mémoire pouvait coller avec l'hypothèse d'un coup sur la caboche, mais pour la voix de Chaminou envahissant son espace mental c'était certainement autre chose. Alors qu'il passait devant la dernière porte du couloir, Joshua remarqua un objet posé sur le sol : une longue branche de cerisier portant une unique fleur rabougrie. Il se pencha pour la ramasser et Chaminou le mit en garde : *Touche pas à ça, malheureux !* Trop tard. Il avait déjà le bois mort entre les mains et pouvait sentir la matière sèche et aride à l'intérieur de laquelle plus aucune sève ne coulait. La fleur se détacha de sa tige et tomba sur la moquette, tache blanche au milieu d'un océan écarlate. Une soudaine nostalgie lui serra le cœur sans qu'il soit capable de définir d'où elle venait. Il y eut un petit bruit de sonnette et Joshua tourna la tête vers le bout du couloir où devait se trouver un ascenseur. *Tirons-nous d'ici !* geignit Chaminou avec un relent de panique. Joshua se redressa et leva le regard vers la porte en face de lui. Chambre 67. Il se demanda qui pouvait en être le locataire et pourquoi cette branche se trouvait là. Puis il se souvint du coup de téléphone et de la voix agacée de cette femme lui ordonnant de la rejoindre dans le salon bleu. À contrecœur, il déposa le rameau sur le sol et reprit sa route. Quelques dizaines de mètres plus loin, il déboucha dans une pièce plus grande abritant deux immenses portes d'ascenseur dont le chrome rutilant contrastait avec le bois sombre qui lambrissait les murs. Il pressa machinalement le bouton d'appel et les parois s'ouvrirent sur une large cabine encadrée de miroirs.

Le panneau de contrôle affichait une douzaine de commandes avec des numéros et parfois des lettres. Au-dessus de la porte, un indicateur lumineux lui apprit qu'il se trouvait au huitième étage. *Il y en a dix*, dit la voix visiblement rassurée, et Joshua appuya sur le L – le lobby –, sans hésitation. Alors que les portes de l'ascenseur coulissaient pour se refermer, il aperçut une dernière fois la branche de bois mort sur le sol du couloir et il eut l'impression de voir un bouquet pourrissant sur une vieille tombe.

3

Passé les portes de l'ascenseur, Joshua découvrit un hall monumental parsemé de colonnes en marbre. Le sol quadrillé de noir et blanc donnait l'impression d'évoluer sur un immense plateau de dames. Un peu partout, des canapés en velours rouge avaient été disposés autour d'élégantes tables basses où les clients de l'hôtel discutaient un verre à la main. Joshua fixa avec insistance les visages de ces gens ; ils avaient tous quelque chose de familier. Il avança entre deux vastes cheminées surplombées de miroirs et aperçut au-dessus de sa tête un lustre gigantesque dont les entrelacs de cristal diffusaient une cascade de lumière. *Wow !* s'exclama la voix sans qu'il ne trouvât rien à y redire. Un sacré palace que cet *Avalanche Hôtel*. Il avait l'impression de découvrir ce lieu qu'il devait pourtant bien connaître et il se sentit « chanceux » de travailler dans un tel établissement. De discrets accords de jazz s'étiraient dans l'air depuis une petite pièce en alcôve abritant un bar plutôt cosy. Joshua tourna la tête pour apercevoir un piano et les quelques musiciens rassemblés autour. Derrière le comptoir, un homme en veston noir, avec un visage étrange, lui fit un signe de la main qu'il rendit machinalement. *T'as oublié le salon bleu ?* Chaminou le fit sortir de sa torpeur. Sur les murs jaune clair, quelques plaques en cuivre indiquaient différents emplacements : réception, salle de bal, club aquatique, vestiaires, restaurant et… salons. Joshua prit la direction appropriée et traversa une longue galerie aux parois couvertes de miroirs où se reflétait à l'infini la lumière apaisante de chandeliers massifs. Il arriva dans un espace plus confiné et suivit les panneaux jusqu'au « salon bleu ». C'était une pièce immense, dont les murs en dégradé de bleu aspiraient le regard vers un plafond orné de dorures et enduit d'une immense fresque façon chapelle Sixtine. On y apercevait des angelots aux joues rebondies jouant de la harpe en vous dévisageant d'un air goguenard. Le salon était presque intégralement occupé par une immense table de réunion dont le plateau en verre reposait sur une sculpture d'arbre aux ramures complexes coulée dans le métal. Deux personnes se trouvaient déjà là.

— Ah… enfin ! Vous avez finalement daigné nous rejoindre, Joshua ? dit une femme brune d'une cinquantaine d'années. À en juger par son visage pincé et le ton de sa voix, elle n'avait pas l'air commode. Je vous présente l'inspecteur Sylvain Lieber. Vous savez pourquoi il est là ?

— Pour la disparition de miss Alexander, s'entendit-il répondre avec le plus grand étonnement.

Il avait prononcé ces mots sans y penser, comme si ça coulait de source. Mais impossible de se rappeler qui était exactement cette miss Alexander ! Joshua sentit une bouffée de panique l'envahir alors que l'homme, un gars au visage épais portant une veste de costume en velours élimé, se retournait vers lui.

— Ravi de vous rencontrer, Joshua, dit-il en lui tendant une grosse patte d'ours. Miss Delhane m'a résumé la situation... Catherine Alexander aurait disparu ce matin vers 10 heures d'après le témoignage de ses parents. Quel âge a-t-elle exactement ?

— Tout juste dix-huit ans, intervint la femme, nous avons fêté son anniversaire au restaurant de l'hôtel hier soir.

— À cet âge, on est libre de son emploi du temps, non ? Elle a très bien pu prendre le téléphérique et descendre en ville.

— Ses parents sont absolument formels, inspecteur. Ils avaient rendez-vous pour déjeuner et elle ne s'est pas présentée. Les Alexander sont des habitués du palace, ils ont de bonnes raisons de s'inquiéter pour leur fille sinon je ne vous aurais jamais fait appeler.

Il y eut un moment de silence et l'homme se retourna à nouveau vers Joshua.

— Vous êtes agent de sécurité, monsieur Auberson... Avez-vous remarqué quelque chose d'étrange ? Quoi que ce soit qui sorte de l'ordinaire ?

— Vous voulez dire ce matin ? interrogea Joshua en tentant de maîtriser son cœur qui battait la chamade.

— Ou dans les jours précédents. Tout ce qui vous a paru louche.

Presque rien à part ton réveil à poil dans la salle de bains ! nargua Chaminou.

— Non... je ne crois pas pouvoir vous aider... je n'ai rien remarqué de particulier, réussit-il à répondre sans sourciller.

— Réfléchissez bien, Joshua, miss Alexander est une jolie fille. Aucun regard insistant d'un client ou de quelqu'un du personnel ? Aucune réflexion déplacée ?

19

— Mon Dieu ! Vous ne pensez tout de même pas à quoi que ce soit d'immoral ! s'insurgea miss Delhane. En tant que directrice adjointe de cet établissement, je vous assure que tous les employés sont triés sur le volet...

— Je ne pense encore rien du tout, mademoiselle. Je pose des questions, c'est mon métier...

Alors qu'il hésitait à répondre, Joshua croisa le regard de la femme qui le dévisageait d'un air sévère. L'image du barman en veston lui faisant un signe de la main lui traversa l'esprit. Qui était cet homme qui semblait le connaître ? Est-ce qu'il avait un lien avec cette disparition ?

— Rien qui me revienne, monsieur..., finit-il par dire. Il y eut un long silence et il se sentit obligé de compléter : Miss Alexander était souvent avec ses parents... Une ado comme les autres en ce qui me concerne.

Les yeux bleus du flic le scrutaient comme deux radars sondant les profondeurs d'un abîme.

— Il y a un problème, monsieur Auberson, dit-il en fronçant les sourcils.

— Un problème ? Que voulez-vous dire, monsieur ?

L'inspecteur eut un geste vers le visage de Josh.

— Vous saignez.

Il porta instinctivement la main à son front et sentit une traînée chaude couler le long de sa tempe.

— J'ai fait une chute, dit-il en cherchant quelque chose pour s'essuyer. Je pense que je devrais passer à l'infirmerie.

Les yeux du flic ne le lâchaient pas et il y eut un long silence avant qu'il se décidât à reprendre la parole d'une voix douce :

— Nous nous reverrons, monsieur Auberson. Nous nous reverrons...

4

Sa blessure au front lui avait permis de quitter la salle et de gagner du temps. Mais elle l'avait aussi rendu suspect aux yeux de ce flic et ça commençait à l'inquiéter. Il fallait absolument qu'il réussisse à retrouver la mémoire pour se disculper de tout soupçon et recoller les morceaux de son identité. Il travaillait ici depuis longtemps – impossible de se rappeler précisément quand il avait commencé, mais tout lui paraissait familier. Sur le chemin le menant à l'infirmerie, il emprunta un escalier de service et traversa d'immenses cuisines sans hésiter sur la direction à prendre. *Normal, t'es chez toi !* commenta la voix de Chaminou. Catherine Alexander… Ce nom lui évoquait une jolie fille blonde au sourire figé sur une photo d'identité, et une date : 5 janvier 1962. Qu'est-ce que ça pouvait signifier ? Il avait sans doute consulté le fichier clients de l'hôtel après sa disparition. Donc si cette date était celle de sa naissance et qu'ils avaient fêté son anniversaire la veille c'est qu'ils devaient être… Joshua accéléra le pas pour rejoindre la réserve où se trouvaient

21

stockés la trousse d'urgence et les quelques médicaments d'appoint à destination des employés. Mais ce n'était pas sa blessure qui l'inquiétait. En entrant dans la pièce il tourna son regard vers un mur où on avait punaisé un calendrier des Postes. Janvier 1980... ça coïncidait avec l'anniversaire de Catherine Alexander. Une bouffée d'angoisse lui contracta l'estomac puis le cœur au point qu'il fut obligé de se laisser glisser le long de la paroi pour s'asseoir par terre. *Respire, bordel ! Respire ! Tu ne vas pas nous faire un infarctus !* hurlait Chaminou à l'intérieur de son crâne. 1980... quelque chose ne collait pas avec cette date. Quelque chose de grave, il le sentait.

Recroquevillé sur lui-même, une main sur la poitrine, il luttait pour faire rentrer l'air malgré le poids lui comprimant les poumons. *Naissance le 5 janvier 1962, a fait ses études à Stockholm, père chirurgien spécialisé en urologie, mère dentiste, scolarité sans incident...* Une foule d'informations disparates affluaient dans ses synapses sans qu'il soit capable d'en comprendre la signification. Le fichier clients ne mentionnait pourtant pas ce genre d'éléments... D'où lui venaient ces souvenirs ? Joshua se prit la tête à deux mains pour tenter d'endiguer le flot de ses pensées. La plaie recommençait à lui brûler le crâne. Il fallait qu'il se calme, il fallait qu'il reprenne le contrôle. Il se redressa pour chercher la trousse de soins calée entre deux cartons sur une étagère. Elle contenait un antiseptique, du coton, des pansements, tout le nécessaire pour désinfecter sa blessure et tenter de lui rendre un air moins inquiétant que celui qu'il apercevait dans le petit miroir accroché au mur près du calendrier. L'estafilade n'était pas belle et méritait trois ou quatre points de suture, il serait sans doute obligé de demander un jour de repos pour descendre en ville et passer aux urgences. *Montreux*... Le nom lui était revenu d'un coup. C'était donc là qu'il se trouvait... Les montagnes, le lac, les chalets en contrebas... ça pouvait coïncider. L'*Avalanche Hôtel* se dressait sur les hauteurs, pas très loin du village de Caux... Oui, ça devait être ça. Il eut un sourire de satisfaction : il reprenait enfin la main, tout allait s'arranger. Sa mémoire allait lui revenir, il demanderait un entretien avec la police pour clarifier ce qu'il savait sur Catherine Alexander et pourrait continuer sa vie d'agent de sécurité normalement. C'est alors qu'il remarqua la petite lucarne sur le mur opposé. Les pièces de service étaient situées au rez-de-chaussée de l'hôtel dans le dénivelé de la montagne. D'où il se trouvait, impossible de voir le paysage féerique qu'il avait aperçu depuis la chambre 81. Un épais tas de neige obstruait la plus grande partie de la fenêtre, laissant à peine quelques trous de lumière diffuse s'engouffrer dans la réserve. Il cligna plusieurs fois des yeux pour s'assurer qu'il ne rêvait pas : au milieu du givre et de la glace accumulée contre la vitre, le visage livide du barman le fixait en souriant.

5

Il n'avait pas pris le temps de ranger la trousse de soins et s'était précipité hors de la réserve pour rejoindre un long couloir de service courant dans les entrailles de l'hôtel. À quelques dizaines de mètres, une sortie de secours s'ouvrait sur l'extérieur. Il poussa le battant sans hésiter et sentit une forte pression de l'autre côté. En s'aidant de son épaule, il réussit à déplacer un épais tas de neige, et un souffle glacé s'infiltra à l'intérieur du palace. Avec son costume et ses mocassins en cuir, on ne pouvait pas dire qu'il était équipé pour randonner dans la poudreuse, mais il devait absolument rattraper l'homme aperçu par la lucarne. D'une manière ou d'une autre, il était lié au chaos mental dans lequel Joshua se trouvait depuis son réveil ou, du moins, il devait savoir quelque chose qui pourrait l'éclairer. Ses pieds s'enfoncèrent de trente centimètres dans la neige fraîchement tombée alors qu'il quittait les sous-sols de l'hôtel pour avancer sur un long balcon délimité par des garde-corps en fer. L'impressionnant tapis de poudreuse était percé à intervalles réguliers par des excroissances blanchâtres – des bancs installés pour admirer le paysage qui s'étendait de l'autre côté de la rambarde. Le vent froid de cette fin d'après-midi traversa le tissu de sa chemise et la chair de son torse pour venir lui contracter les organes. *On va crever si on reste ici*, geignit Chaminou. Mais Joshua fixait un point droit devant lui. Au bout de la terrasse, la dernière banquette était encadrée par deux arbres, protégés par d'épaisses ramures. Un homme se trouvait là, immobile face au panorama, spectateur transi dans ce décor minimaliste de blanc et de noir. Joshua sentit un frisson lui parcourir l'échine alors qu'il luttait contre la morsure gelée de la neige pour se frayer un chemin dans l'étendue immaculée. Ses pieds s'étaient transformés en deux blocs inertes et ses doigts commençaient à picoter dangereusement quand il arriva à distance suffisante du banc. C'était bien l'homme de la lucarne, le barman au sourire figé. Il devait avoir une quarantaine d'années, des cheveux courts rasés sur les tempes et un visage étrangement long. *Une tête en forme de poireau*, commenta Chaminou. Ses yeux en amande fixaient les montagnes s'étendant à perte de vue face à l'hôtel.

— C'est beau, dit-il avec une voix aiguë qui collait mal avec l'aspect grossier et rustre de sa figure.

Joshua vint s'asseoir à côté de lui et souffla dans ses mains pour les réchauffer.

— On se connaît tous les deux ? finit-il par demander après quelques secondes.

— Ouais ! répondit l'homme avec un large sourire.

Quelque chose dans son visage dérangeait Joshua. Il avait des traits trop grands pour le volume de sa tête ou bien c'était sa bouche qui était de travers.

— Tu m'étonnes qu'on se connaît ! dit-il en se tournant vers lui.

Joshua sentit le même malaise s'installer que lorsqu'il s'était retrouvé face au flic. Il connaissait le nom de cette personne mais quelque chose dans son crâne bloquait l'accès à ces informations.

— Je ne me rappelle pas ton nom, dit-il avec hésitation.

— Clovis... c'est ça mon nom, répondit l'homme sans paraître étonné outre mesure par la question.

— Excuse-moi, Clovis, j'ai... tendance à oublier des trucs en ce moment.

— C'est cet endroit qui nous fait ça, dit Clovis en appuyant son large dos contre le banc.

— Qu'est-ce que tu veux dire ?

— Le palace ! Six mois isolés de tout dans la montagne. Ces gens pleins de fric qui viennent nous rendre visite et qui repartent dans leurs grandes villes. Nous, on reste ici... On reste pour nettoyer la merde.

En prononçant ces paroles, Clovis avait passé une main gigantesque dans un pan de son veston pour en sortir un paquet de clopes – des Royale – et un briquet. Il s'était fourré une longue tige dans le bec avant d'en proposer une à Joshua – « non merci ». Et de l'allumer.

— Tu fumes pas ? demanda-t-il avec des yeux ahuris.

— Non... je n'ai jamais fumé, répondit Joshua sans hésitation.

— Pourtant dans ton métier tout le monde fume, non ?

Joshua ne savait pas quoi penser de cette question. Clovis semblait paisible, mais il dégageait quelque chose d'inquiétant. Une sorte d'intensité dans la voix imprégnant de gravité le moindre mot qu'il prononçait.

— Non... enfin j'imagine que non, lança-t-il pour donner le change.

Clovis prit une longue bouffée de nicotine qu'il expira par le nez dans un nuage blanchâtre.

— Putain que ça fait du bien, dit-il en levant le regard vers le ciel. Alors qu'est-ce que tu vas faire ?

— Comment ça ?

Sa question avait surpris Joshua.

— Pour la petite Alexander, je veux dire.

Clovis le fixait, le visage légèrement penché, ses yeux noirs plongés dans les siens comme s'il attendait sa réponse pour prendre une décision importante.

— Tu la connaissais ? demanda Joshua, esquivant la question.

— Bien sûr ! Depuis qu'elle était gamine. Ses parents viennent au palace tous les ans. Je l'ai vue grandir, cette petite. Un vrai ange blond.

— Alors toi aussi tu travailles à l'hôtel depuis longtemps ?

— Quinze années de loyaux services, m'sieur ! répondit-il avec fierté. On peut dire que j'ai gagné mon poste à la sueur de mon front.

— Et moi, tu te souviens de quand j'ai été embauché ?

— Toi ? Mais toi tu ne travailles pas ici !

Joshua sentit quelque chose se contracter dans sa poitrine. Son mal de crâne recommença à pulser et il prit soudain conscience du froid qui avait envahi son corps.

— Qu'est-ce que tu veux dire ?

Le visage de Clovis se transforma en un masque simiesque inquiétant alors qu'un large sourire traversait sa tête trop petite.

— Viens avec moi, tu vas comprendre, répondit-il en se levant d'un bond.

Joshua hésita à suivre le géant, mais avait-il vraiment le choix ? Retrouver sa mémoire avait un prix et il était prêt à le payer.

6

Il avait suivi le géant à tête de poireau le long de l'interminable balcon ceinturant la façade sud du bâtiment. Un escalier en colimaçon menait dans le parking de l'hôtel, et Joshua avait glissé sur une plaque de glace pour s'étaler le visage dans la neige. *Mais pourquoi tu suis ce type ?!* protestait Chaminou dans un recoin de son crâne. Clovis s'était penché pour l'aider et il avait senti une force impressionnante le tirer vers le haut pour le remettre sur pied. Ils avaient ensuite remonté une route goudronnée serpentant entre des bosquets de sapins aux branches chargées de neige. Alors que la nuit commençait à tomber, Joshua pouvait apercevoir les lumières de la ville scintiller en contrebas de la montagne. Ils devaient être à moins d'une dizaine de kilomètres de Montreux, mais il avait pourtant la sensation d'être seul au monde.

— C'est beau, hein ! commenta Clovis en redoublant d'efforts pour grimper la pente bien raide sur laquelle ils s'étaient engagés.

Joshua jeta un œil à ses mocassins et constata qu'ils étaient complètement imbibés d'eau glacée. Il ne sentait plus la pointe de ses pieds depuis belle lurette et il se demanda s'il ne risquait pas de perdre un orteil.

— Il faut que je rentre, murmura-t-il dans le dos du géant. J'ai les pieds gelés.

Clovis s'arrêta net et lui lança un regard dans lequel il crut déceler de l'effroi.

— Tu ne vas pas me laisser tout seul ? répondit-il d'une voix tremblante.

— On n'a qu'à retourner plus tard à l'endroit où tu veux m'emmener. Demain matin ?

— Ce sera trop tard. Il y a des choses qui doivent être faites à des moments précis. Tu comprends ? À DES MOMENTS PRÉCIS.

Il s'était penché vers Joshua en prononçant ces mots et son visage lui avait soudain semblé encore plus inquiétant.

— Mais dis-moi au moins où est-ce qu'on va ?

— Tu verras, on y est presque, lança Clovis en reprenant son chemin.

Ils avaient continué ainsi sur quelques centaines de mètres avant de se retrouver sur un terrain plus plat surplombant l'*Avalanche Hôtel* et toute la vallée en contrebas. En face d'eux, se dressaient quelques cabanes en bois, d'anciennes bergeries délabrées, et la route se terminait en cul-de-sac. Clovis avança tout droit vers une vieille grange et fit un signe en direction d'une volée de marches creusées dans la terre et serpentant vers ce qui semblait être un chemin d'alpage.

— C'est pas possible, Clovis ! dit Joshua. Ça glisse trop ici, regarde.

Il envoya son pied buter contre le tas de neige recouvrant la première marche.

— Je te tiens, répondit le géant en lui saisissant la main.

Il eut à peine le temps de protester qu'il se sentit propulsé vers l'avant. La lumière du jour commençait sérieusement à faiblir et, vu l'isolement de ce coin de nature, ils n'allaient pas tarder à évoluer dans l'obscurité totale. Joshua tenta de libérer sa main de celle du colosse, mais la poigne de Clovis était telle qu'il n'avait pas d'autre solution que de le suivre pour éviter de se faire traîner comme un sac à patates.

Malgré ses protestations, Clovis fit la sourde oreille et ne daigna lâcher sa prise qu'une fois au bout du sentier. Ils se trouvaient désormais sur une bande de terrain plat recouverte de neige vierge. En amont, une épaisse forêt s'étendait, montant vers le ciel jusqu'au sommet de la montagne.

Joshua sentait le froid s'immiscer le long de ses chevilles et envahir lentement ses tibias. *Tu vas crever, je te l'ai dit. Crever de froid, seul dans cette maudite montagne.*

Joshua rassemblait ses dernières forces pour hurler qu'il rentrait à l'hôtel lorsqu'il aperçut l'immense silhouette se dressant face à lui. On aurait dit les tentacules d'un poulpe titanesque déployés en un réseau de tubes dont les entrelacs s'étalaient le long de la pente. Clovis observait la piste de bobsleigh avec des yeux pleins de joie.

— C'est là ! Viens ! Dépêche-toi !

À une dizaine de mètres devant eux, se dessinaient un petit bâtiment en briques et quelques marches permettant d'accéder au début du parcours.

— Mais qu'est-ce qu'on fait ici ? hurla Joshua.

Clovis ne lui répondit pas et se dirigea d'un pas rapide vers la piste. L'espace d'un instant, Joshua hésita à redescendre le chemin menant à l'hôtel. Vu la distance où il se trouvait, Clovis ne pourrait pas l'empêcher de le faire et c'était certainement sa seule chance de sauver ses orteils du froid. Mais quelque chose au fond de lui ne voulait pas partir. Depuis son réveil dans la chambre 81, Joshua sentait bien que rien ne tournait rond et Clovis avait l'air d'être capable de lui apporter des réponses, aussi incroyables soient-elles.

Il se retourna vers la montagne, souffla un grand coup dans ses mains gelées et contracta les muscles de ses cuisses pour courir à la suite de son mystérieux guide. En quelques minutes, il réussit à rejoindre le petit bâtiment de maintenance accolé à la piste de bobsleigh et gravit les marches le séparant de la porte. Peut-être trouverait-il un peu de chaleur à l'intérieur...

7

L'abri en briques se composait de deux pièces dont la principale était un vestiaire. Quatre murs couverts de casiers en fer rouillé, des bancs et une série de portemanteaux où pendait déjà la veste de Clovis. Joshua l'observa ouvrir précautionneusement un casier et en sortir des vêtements chauds.

— Enfile ça ! lança Clovis en lui tendant un pantalon de ski et une doudoune grise à capuche.

— À qui sont ces fringues ? demanda Joshua.

— A priori, elles sont à toi. Et je te conseille de bien les boucler, car il fait froid là où tu vas.

Le géant boutonna son pantalon en s'efforçant de rentrer les pans de sa chemise à l'intérieur.

— Je ne comprends pas. Pourquoi tu m'as emmené ici ? C'est quoi cet endroit ?

— Ici ?! C'est la piste olympique construite pour les Jeux de 1976. Tu ne te souviens pas de ça ? Y avait un monde à l'hôtel… On a vraiment cru qu'on ne passerait pas l'hiver.

— Mais tu m'as dit que je ne travaille pas à l'hôtel.

— Oui, mais ça ne veut pas dire que tu ne connais pas son histoire. Tu la connais même très bien ! répondit Clovis avec ce sourire dérangeant qui lui barrait le visage.

Ce mec est dingue ! Bon à mettre à l'asile, geignit Chaminou, et Joshua aurait eu du mal à le contredire. Il observa quelques minutes les vêtements qu'on lui avait attribués – ils semblaient à sa taille – et entreprit de se déshabiller. *Quitte à suivre un fou, autant y aller franco*, se dit-il alors que Clovis remontait le zip de sa parka.

— Si je ne travaille pas à l'hôtel, pourquoi est-ce que j'ai un badge de sécurité ? Regarde. (Il lui tendit le carton qui pendouillait à sa veste.) Sur la photo c'est bien moi, tu me reconnais ?

Clovis se pencha pour observer le cliché en noir et blanc.

— Oui, c'est toi. Agent de sécurité… C'est épatant comme idée.

— Épatant ?

— Je veux dire, c'est une bonne idée.

Puis il se tut et releva légèrement un pan de sa veste pour regarder sa montre.

— Holà ! Faut se dépêcher, on va être en retard.

— Mais en retard pour quoi ?!

— Y a des choses qui doivent se faire à des moments précis, je te l'ai déjà dit. Je t'attends en haut.

Et il se retourna sans une parole de plus pour rejoindre l'obscurité du bureau attenant aux vestiaires. Joshua entendit la porte claquer et les pas lourds du colosse descendre les marches en ferraille de l'escalier. Seul dans le vestiaire, il eut soudain l'impression que le froid redoublait et s'insinuait à travers les mailles du tissu pour venir lui glacer un peu plus le corps. Il avait enlevé ses chaussettes pour masser ses orteils et un brasier de fourmillements, comme des milliers de piqûres d'aiguille, lui donnait envie de hurler à mesure que la circulation sanguine se remettait en route. Il enfila le pantalon de ski, un pull en laine qui traînait dans le casier et essaya une paire de bottes glissée sous le banc où il se trouvait. Tous ces vêtements lui allaient parfaitement, tout comme la parka qu'il boucla jusqu'au menton. « Il fait froid là où tu vas »… Qu'est-ce que ça pouvait signifier ? D'une manière ou d'une autre, Joshua sentait qu'il allait bientôt le savoir.

Après être sorti du bâtiment et s'être dirigé vers la structure principale, il avançait maintenant sur une petite plateforme surplombant le départ de la piste de bobsleigh. En dessous de lui, les tentacules de glace se déployaient vers le fond de la vallée de manière vertigineuse. Deux wagons métalliques étaient engagés l'un derrière l'autre, et Clovis se tenait debout à côté du premier, fixant sa montre avec attention.

— Dans une minute, je pars… Monte dans celui de derrière.

— On ne monte pas ensemble ?

— Bien sûr que non ! On ne va pas au même endroit !

Pas au même endroit ? Joshua avait beau regarder, le parcours ne bifurquait pas et il n'y avait, a priori, qu'une seule manière d'atteindre l'arrivée.

— Trente-trois secondes… quand je vais partir, tu comptes jusqu'à 20 et tu pousses, d'accord ?

Joshua hocha la tête pour lui indiquer qu'il avait bien compris.

— Non, mais c'est très important… jusqu'à 20, pas un de plus !

— Y a des choses qui doivent être faites à des moments précis, je sais, dit-il pour lui faire plaisir.

— Je vois que ça rentre… 17… C'est le moment de se dire adieu… Alors adieu, Joshua, et merci pour tout ce que tu fais pour nous.

— Nous ? De quoi est-ce que tu parles, Clovis ?

— 9… Tu vas bientôt comprendre. 6…

Le géant attrapa la carrosserie en acier de ses mains puissantes et commença à pousser vers la pente avant de monter dans le wagon.

— 3… Fais comme moi ! Et ferme les yeux !

— Mais où est-ce que tu vas, toi ? hurla Joshua.

— Dans la nuit.

Et en une fraction de seconde, le petit chariot rouge de Clovis disparut dans la pente comme s'il n'avait jamais existé. Joshua tendit l'oreille pour l'entendre glisser, mais rien ne semblait vouloir s'extirper de l'obscurité grandissante qui recouvrait désormais les montagnes.

20… 19… 18…, compta la voix de Chaminou dans sa tête.

Fallait-il qu'il suive les indications de Clovis et qu'il se lance lui aussi sur cette piste inconnue ? À en juger par le dénivelé, la course serait rapide et il n'avait aucune expérience du bobsleigh. *13… 12… 11…* Depuis son réveil dans la salle de bains, sa journée n'avait été qu'une suite de choses étranges. Joshua avait l'impression d'évoluer dans une pyramide dont il était incapable de déchiffrer les murs couverts de hiéroglyphes. Il lui manquait une clé, une pierre de Rosette comme celle de Champollion pour que d'un coup le monde s'éclaire. Peu de chances qu'elle se trouve au bout de cette improbable piste de bobsleigh, mais il se sentait de toute façon embarqué dans un voyage qui le dépassait complètement. *7... 6... 5...*

Joshua attrapa à pleine main l'acier gelé du wagon et contracta ses muscles pour pousser de toutes ses forces. Il fut surpris par la facilité avec laquelle il commençait à glisser sur la piste et bondit aussi agilement que possible pour venir se blottir à l'intérieur. *3... 2... 1,* entendit-il dans sa tête en se roulant en boule. Et il arriva au bord de l'abîme et plongea dans l'obscurité.

8

D'abord l'impression de glisser dans un tunnel blanc et noir, puis la sensation de plus en plus oppressante d'une masse inconnue écrasant chaque parcelle de son corps. Joshua dévalait une pente invisible sans savoir si elle le menait vers le bas ou vers le haut. Son esprit avait du mal à se situer dans l'espace et il se sentit pris dans un rouleau compresseur l'emmenant dans un tourbillon terrible où la notion de gravité n'existait plus. Sa tête heurta quelque chose et une sensation de chaleur lui fit soudain prendre conscience du froid polaire qui l'entourait. Il pouvait ressentir chaque molécule de son corps, et le sang irriguant ses veines pulsait comme un espoir de vie au milieu du néant glacé de son voyage. Au bout d'un certain temps, il avait tant de fois valdingué dans tous les sens qu'une violente envie de vomir lui monta des tripes et un jet de bile brûlant sortit de sa bouche et grimpa vers le ciel en bravant les lois de la physique. Il mit plusieurs minutes à comprendre qu'il était immobile, la tête orientée vers le noyau obscur vibrant sous la terre.

Son esprit luttait pour reprendre le dessus sur l'effusion de perceptions qui menaçait de lui faire perdre la raison. Il s'appelait Joshua Auberson, il était agent de sécurité à l'*Avalanche Hôtel* et il venait sans doute de faire une chute dans le tunnel géant où Clovis l'avait entraîné. Ses yeux cherchèrent à distinguer les alentours, mais dès qu'il ouvrit les paupières une brûlure insupportable lui dévora la cornée, l'obligeant à rester dans l'obscurité. C'est alors qu'il comprit qu'il était incapable de bouger le moindre muscle. Les extrémités de son corps lui paraissaient si éloignées qu'il douta qu'elles puissent encore exister. Sa bouche n'était plus qu'une vague sensation inerte, tout comme son nez et ses oreilles. À peine sentait-il battre son cœur d'un rythme tellement lent qu'il se demandait à chaque pulsation s'il n'était pas déjà mort. Son esprit lui projeta l'image d'un homme allongé sur une table, alimenté par des tuyaux. C'était donc ça qu'il était devenu, un légume à la moelle épinière brisée, paraplégique ou atteint du syndrome d'enfermement total. Il eut envie de pleurer, mais ses larmes lui semblèrent des gouttes de feu brûlant la chair de ses paupières. Et puis il prit conscience qu'il n'était pas seul ; il y avait tout autour de lui une masse grandiose, presque divine qui l'écrasait comme une fourmi sous un talon. La pression se faisait telle qu'il ne doutait pas de se retrouver bientôt aplati, misérable carcasse explosée, les entrailles dégoulinantes au milieu du néant. Il allait mourir et il l'acceptait avec un sentiment de délivrance et une urgence qu'il n'aurait jamais cru être capable d'exprimer. Rien n'était plus horrible que ce sentiment de ne plus exister que par la pensée, et encore, Joshua sentait bien que, comme le reste de son être, elle commençait à se figer pour s'éteindre. Attendant qu'il ne subsiste plus rien de lui, il ne fut pas attentif aux bruits flottant au-dessus de lui. Dans sa tête quelques images semblaient vouloir s'accrocher jusqu'au bout... une branche de cerisier, le portrait d'une jeune fille blonde au regard tendre. Les bruits s'intensifièrent et quelque chose lui effleura les jambes sans qu'il puisse en définir la raison ou l'identité. Il désirait se livrer corps et âme à l'abysse final pour que la douleur cesse et qu'il puisse enfin se reposer. Après un moment, ses yeux perçurent une violente lumière blanche écrasant ses paupières comme un appel à la vie. Il lutta pour les ouvrir, craignant à chaque seconde la brûlure. Lorsqu'il réussit et que ses nerfs se connectèrent à son cerveau, il aperçut une masse sombre émerger de la lumière : une main gantée et la voix d'un homme qui lui répétait qu'il était sauvé.

Et il se dit qu'il aurait préféré mourir.

9

Lorsqu'il ouvrit à nouveau les yeux, Joshua aperçut les dalles blanches striées d'un faux plafond au milieu duquel courait une longue rampe de néons jaunâtres. Une sorte de picotement désagréable lui grattait les orbites et il sentit des larmes couler le long de ses joues. Au prix d'un effort considérable, il actionna ses muscles cervicaux pour pivoter la tête sur le côté. Il se trouvait visiblement dans une chambre d'hôpital et un second lit – vide – était disposé à quelques mètres du sien. Il eut la mauvaise idée de vouloir se redresser et une douleur déchirante comme un violent coup de fourche lui traversa le ventre. Un râle sifflant s'échappa de ses entrailles et glissa entre ses lèvres alors que ses abdominaux continuaient à se contracter en une interminable crampe. Il se mit à respirer par longues inspirations pour calmer la crise. Petit à petit, la douleur s'estompa, et il réussit à s'appuyer sur les coudes. Ses mains et ses pieds étaient enveloppés dans d'épais bandages et il était incapable de bouger le moindre de ses doigts – une bouffée d'angoisse le gagna à l'idée qu'il ne possédait plus que des moignons rongés par la neige. Cette vision d'horreur se dissipa en constatant que le reste de son corps semblait dans un état normal, si ce n'est une sensation de froid intense qui ne le quittait pas. Il parcourut la pièce du regard et remarqua une télévision à écran plat accrochée sur un bras articulé. Le miroir noir lui renvoyait sa propre image, misérable épave humaine en souffrance. Que lui était-il arrivé ? Il se rappelait Clovis, la piste de bobsleigh et la nacelle en acier… Il avait certainement dû avoir un accident et dévaler la montagne à toute vitesse. Un miracle qu'il soit en un seul morceau ! C'est alors que la porte de la chambre s'ouvrit et il vit entrer une femme d'une trentaine d'années emmitouflée dans une parka militaire. Elle était très grande, avait une stature large et un visage rond. Deux petits yeux de fouine surplombaient un nez épais et sa trogne était encadrée par une tignasse de cheveux blonds dont les boucles tombaient sur ses épaules de camionneuse.

— Putain, tu t'es réveillé ! dit-elle en se précipitant vers le lit et en prenant Joshua dans ses bras avec la douceur d'un ours. Un instant, il crut qu'elle allait l'étouffer tellement son étreinte était puissante.

— Sy… Sybille ? répondit-il avec hésitation.

— Un peu que c'est moi, ma crevette ! J'avais juré que je serais la première à être là quand tu ouvrirais les yeux !

Joshua ne se souvenait pas précisément d'elle, mais il se sentait apaisé par sa présence et l'incroyable force qui en émanait.

— Faut que t'arrêtes de nous foutre les jetons comme ça ! Qu'est-ce que tu branlais dans les montagnes, espèce d'imbécile ? C'est vraiment pas possible de partir tout seul comme ça !

Il y avait dans le ton rauque de sa voix et son langage de charretier quelque chose de profondément familier, se dit-il alors qu'elle le fixait en écarquillant les yeux – ce qui pour elle revenait à deux minces fentes étirées sur toute la largeur de son visage. Joshua sentit soudain une sorte de vide dans sa poitrine. La voix nasillarde de Chaminou n'était plus là… Ou était-ce autre chose qui manquait ? Mais quoi ?

— T'as perdu ta langue ? demanda Sybille en soulevant le drap pour jeter un œil en dessous et découvrir qu'il était nu. Ah, on est sauvés, de ce côté-là tout va bien ! T'as toujours ton matos !

Il aurait dû se sentir gêné par cette blague de vestiaire, mais l'enthousiasme de la jeune femme le rassurait. D'une certaine manière, la chaleur de son accueil comblait le froid laissé par la sensation de vide.

— Bon, alors ! Tu me racontes ou je te fais passer un interrogatoire en règle ?... Non, sans rire, j'suis trop heureuse de te voir ! Tu sais que t'as de la chance d'être en vie, toi !

— Je ne sais pas trop… j'ai du mal à me souvenir, en fait…

— Tu connais ton nom, au moins ? Tu vas pas me la jouer Jason Burke ?

— Jason Bourne, corrigea-t-il instinctivement. Non… je m'appelle Joshua Auberson.

— Et tu te souviens que t'es flic ?

Flic ? Quelque chose était en train de se réactiver dans les synapses de son cortex. Agent de sécurité… flic…

45

« Toi, tu ne travailles pas ici », avait dit Clovis avec sa gueule de travers.

— Joshua Auberson, lieutenant de police à la brigade cantonale vaudoise ! reprit Sybille avec un large sourire dévoilant une rangée de dents parfaitement alignées.

Joshua hocha la tête.

— Ouais, je me souviens... Qu'est-ce qui s'est passé ?

— Eh bah tu l'as joué solo, comme d'habitude ! T'es parti crapahuter dans les hauteurs malgré l'avis de tempête... Et c'est pas une bonne idée de monter au Rocher de Naye tout seul ! Y a eu une grosse avalanche, mon pote... t'as dévalé cinq cents mètres avant de te planter le cul dans la neige.

Avalanche Hôtel... Le logo sur les serviettes impeccablement pliées de la salle de bains était en train de prendre un tout autre sens – *étrange comme nom d'hôtel,* et pour cause !

Joshua porta instinctivement une main à son front et sentit une épaisse croûte de sang coagulé.

— Le doc dit que ta tête a dû heurter quelque chose... Ça te fait mal ?

— Non, répondit-il en tentant de rassembler ses idées. Et en quelle année sommes-nous ? questionna-t-il avec précaution.

— Tu te fous de moi, là ? 3 janvier 2018... T'es sûr que ça va ?

Comment Joshua aurait-il pu répondre ? Une avalanche venait de lui faire traverser le temps et, même s'il sentait que son séjour à l'*Avalanche Hôtel* appartenait au monde des rêves, il ne pouvait nier la sensation que quelque chose d'essentiel lui échappait.

10

Une sorte de créature extraterrestre au corps difforme dressé sur sa queue repliée en cercle pointant son long museau visqueux et ses petits yeux noirs fourbes vers l'avant... voilà tout ce que ça lui évoquait.

— Hippocampe, du grec *hippos* – cheval –, et *kampos* – marin... Mais c'est aussi une structure de votre cerveau.

Sybille avait la mâchoire ouverte, prête à tomber sur le bureau du docteur Humbert. Non pas qu'elle s'intéressât le moins du monde à la leçon de physiologie du cortex cérébral qu'il avait décidé de leur donner, mais sa petite gueule d'amour et ses yeux verts en amande ne la laissaient visiblement pas indifférente.

— En fait c'est un anatomiste vénitien du XVIᵉ siècle qui l'a comparée le premier avec un cheval marin à cause de sa forme une fois dépliée hors du cerveau.

Joshua fixait le neurochirurgien avec des yeux de lapin albinos. Non seulement il n'arrivait pas à s'arrêter de pleurer depuis son réveil, mais les lumières vives des scanners cérébraux accrochés sur les murs rétroéclairés du doc lui donnaient l'impression d'être dans une boîte de nuit.

— En tout cas, c'est précisément cette zone qui présente quelques légères lésions, dit-il en lui tendant un cliché intégralement bleu mis à part un petit cercle concentrique où pulsait un rouge profond.

— C'est grave ? demanda Joshua en serrant les poings – il commençait à sentir à nouveau ses doigts, petite victoire dont il n'était pas peu fier.

— Vu votre chute sur plus d'un demi-kilomètre, le coup que vous avez reçu sur le crâne et les quelques tonnes de neige qui ont amené votre corps en hypothermie... on peut considérer que non !

Sybille eut un petit glapissement amusé et papillonna des yeux en observant son docteur « Mamour ».

— En fait, mis à part les engelures et une légère brûlure de votre cornée, c'est surtout votre cerveau qui a subi les répercussions de l'hypothermie... Soumis à un froid intense, le métabolisme cellulaire cérébral diminue son activité et les problèmes surgissent lorsqu'on le réchauffe à nouveau. Le cerveau étant l'un des organes le mieux irrigués du corps humain, cela crée un brusque écart de température... d'où les lésions dans la zone de l'hippocampe.

— D'accord, docteur, mais EST-CE QUE C'EST GRAVE ?

Joshua sentait une colère sourde monter en lui à mesure qu'Humbert exposait sa science au lieu de le rassurer.

— Non, pas sur le long terme... mais ça explique votre état de confusion. L'hippocampe est une zone dans laquelle les souvenirs récents se forment avant de se synchroniser avec le cortex cérébral pour devenirs durables. Donc il est tout à fait normal que vous ne vous souveniez pas des événements récents… voire même moins récents.

— Et ce rêve que j'ai fait ? Ça paraissait tellement réel !

— Alors là, on nage dans les mystères de la mémoire… Voyez-vous, les souvenirs inscrits dans l'hippocampe sont comme des barques sur un fleuve. La nuit, ils larguent les amarres et dérivent lentement pour quitter l'hippocampe et rejoindre le cortex cérébral. Ce sont les traces de nos expériences vécues et elles se nichent dans notre mémoire à long terme pour former une tapisserie que nous reconstituons durant l'état de conscience, mais également durant nos rêves.

Sybille le fixait d'un regard admiratif, elle trouvait visiblement le discours du doc passionnant.

— Vous voulez dire que ce rêve serait composé de souvenirs ?

— De souvenirs, oui, d'impressions, d'instants de vie, de sensations, de tout ce qui construit votre mémoire. C'est une œuvre mouvante que l'oubli s'efforce de détisser, mais devant laquelle nous pouvons nous émerveiller chaque nuit. Dans votre cas, l'hypothermie vous a plongé dans un état de sommeil profond. En fait ça me fait un peu penser aux pistes de recherches concernant les personnes vivant des expériences de mort imminente, vous savez, le tunnel lumineux, les présences rassurantes… C'est aussi une sorte de rêve automatique. Si vous voulez, c'est un peu comme un programme se mettant en route pour déstresser les synapses de votre cerveau en cas d'urgence.

— Ça, c'est vraiment très beau, dit Sybille la bouche en cœur.

— Très flippant, oui ! Et mes lésions ? Elles sont irréversibles ? Je vais retrouver ma mémoire normale ? demanda Joshua en crispant la mâchoire.

— C'est certain ! Les neurones de l'hippocampe se renouvellent durant toute notre existence, et à un rythme effréné ! Presque sept cents sont produits par jour, vous imaginez ? C'est ce qui vous permet d'inscrire de nouveaux souvenirs dans votre cerveau. Alors, ne vous inquiétez pas, ce ne sont pas quelques milliers de cellules endommagées qui vont vous empêcher de vivre ! Évitez juste le ski cet hiver !

Le médecin eut un petit rire d'autosatisfaction qui laissa Joshua de marbre et entraîna Sybille dans un esclaffement aussi exagéré qu'intéressé. Joshua la foudroya du regard et fixa quelques instants le cliché sur lequel s'étalait l'intérieur de sa boîte crânienne. Si ce foutu cheval marin était aussi souple qu'il le disait, son expérience dans les couloirs de l'*Avalanche Hôtel* et sa glissade sous deux tonnes de neige ne seraient bientôt qu'un « mauvais souvenir »… Pourtant, quelque chose à l'intérieur de cette masse spongieuse lui chuchotait d'une voix nasillarde ressemblant à celle de Chaminou :
Ce sera pas aussi simple, coco…

11

Quelques jours plus tard, Joshua avait retrouvé l'usage de ses mains malgré quelques raideurs aux articulations, et ses yeux ne le faisaient presque plus souffrir. Suivant les conseils des médecins, il portait continuellement des lunettes noires lui donnant l'air d'une star fuyant les regards des fans. Ce mois de janvier dans le canton de Vaud promettait d'être l'un des plus froids depuis des décennies, et les rares rayons du soleil parvenant à percer le ciel plombé ne risquaient pas de lui provoquer les fameuses migraines ophtalmiques contre lesquelles on l'avait mis en garde. Le centre hospitalier Riviera se trouvait sur les hauteurs de Vevey, paisible ville en bordure du lac Léman, à moins d'une quinzaine de minutes de train de Lausanne. Après une semaine complète d'hospitalisation ponctuée par d'incessants examens de contrôle, les médecins – doc Humbert en tête – l'avaient autorisé à quitter le CHU et rentrer chez lui. Son état physique général était bon, et pour ce qui était des lésions cérébrales, elles disparaîtraient – ou pas – au fil du temps.

Pour tout dire, il ne conservait de cette avalanche qu'une sensation de froid omniprésente et la confusion totale des événements qui l'avaient précédée. Sybille lui avait rendu visite quasi quotidiennement, ce qui lui avait permis de se remémorer qu'elle était sa partenaire et une chic fille malgré son vocabulaire et ses manières un peu gauches. C'est elle qui était venue le chercher le jour de sa sortie et l'avait ramené à son appartement, dans un immeuble moderne pas loin du funiculaire montant au mont Pèlerin. Sur le chemin, ils avaient longé les rives du lac et Joshua s'était émerveillé du paysage, malgré le ciel d'un gris uniforme. Calée entre les montagnes et le lac Léman, la Riviera suisse avait tout d'un paradis terrestre. En tout cas dans le genre de ceux qu'on aperçoit sur les couvertures de magazines, car Joshua, en tant que flic, était bien placé pour savoir que, comme partout, les gens avaient tendance à laver leur linge sale à l'abri des regards. « À cacher la merde sous le tapis », aurait dit Sybille avec un sourire d'ange. Oui, mais en ce samedi d'hiver, face aux flots agités du lac, il avait envie de croire que la vie était belle... Après tout, il avait survécu à une avalanche et ça signifiait forcément une sorte de renouveau.

— Comme ces conneries d'expérience de mort imminente ! commentait Sybille.

Eh bien oui ! Lui aussi avait vécu un rêve étrange dans l'antichambre de la mort... un rêve décisif. Ça pulsait dans ses tripes. Chacune de ses cellules sentait l'importance de son expérience et lui criait : « TU ES UN SURVIVANT ! » Alors il fallait que ça serve à quelque chose et il décida intérieurement que ce serait à améliorer sa vie. Joshua Auberson, le petit lieutenant sans histoires de la police cantonale de Vevey, pouvait être n'importe qui, n'importe quoi ! Il pouvait devenir musicien si ça lui plaisait – Joshua avait toujours aimé la guitare, et il finirait peut-être sur la scène du Festival de jazz de Montreux à balancer des riffs de dingue en duo avec Elton John ! Sybille l'avait regardé avec des yeux hallucinés et sa bouche s'était fendue d'un sourire en coin.

— C'est peut-être une connerie qu'ils t'aient laissé sortir. T'as encore un sacré pète au casque !

Cette balade vivifiante les avait amenés jusqu'à une volée de marches pour rejoindre la résidence en béton dressée dans la pente d'une colline. Pas vraiment le plus bel édifice de la région, où l'on trouvait bon nombre de villas cossues et de palaces vieillissants, mais une construction confortable et pratique, à mi-chemin entre son boulot et le centre-ville. Elle l'avait aidé à porter son sac – impossible de l'arracher de ses mains d'ogresse –, et s'était même proposée pour ouvrir la porte de son appartement – « Tu me prends vraiment pour un handicapé ! ».

Son F2 était comme il se le rappelait – un salon et une chambre donnant sur le lac et possédant deux grandes baies vitrées et un balcon filant. La vue était à couper le souffle avec le Léman et, au loin, l'immensité des Alpes. Par temps clair – ce qui n'était pas le cas ce jour-là –, on apercevait même le mont Blanc.

Il y avait une table face à la fenêtre avec un écran plat, une tour d'ordinateur – un gros PC de gamer –, et un fatras indescriptible de paperasses et de carnets. Plusieurs dossiers s'empilaient anarchiquement, laissant dépasser des coupures de journaux dont certains paragraphes étaient surlignés au marqueur jaune.

— Je ne me souviens pas d'avoir mis tout ce bordel !

— Ouais, bah on se souvient de ce qu'on veut, hein ! avait commenté Sybille, fine psychologue. Dis donc, t'es pas obligé de bosser lundi. Le doc t'a fait un arrêt de travail d'un mois.

— Je sais, mais je vais venir quand même.

Joshua avait déjà pris sa décision.

— Pour une fois qu'on te paie à ne rien foutre, franchement tu devrais en profiter. Pourquoi tu ne fais pas un de tes jeux vidéo à la con ? Un truc bien chronophage où tu joues une elfette avec des yeux de biche !

Joshua avait toujours aimé les jeux de rôles sur ordinateur et passait une bonne partie de ses nuits dans des univers virtuels à résoudre d'innombrables quêtes pour sauver la veuve et l'orphelin. Sybille le charriait depuis qu'elle lui avait découvert cette passion d'ado attardé et ne manquait jamais une occasion de se moquer de lui. Une fois, il avait eu le malheur de poser une semaine de vacances pour la sortie d'une extension d'un de ses titres cultes, et cela lui avait valu des mois de railleries au bureau.

— Non… je crois que ça me ferait du bien de me remettre au boulot, et de voir des gens. Histoire de fixer mes idées…

— Ouais, bah tu fais comme tu veux hein, avait-elle dit avec un air un peu renfrogné.

Puis elle s'était dirigée vers la grande table pour observer les dossiers étalés en désordre.

— T'as pas chômé, on dirait.

— C'est quoi ?

Joshua n'avait aucun souvenir de ces dossiers, ni même de les avoir consultés un jour.

— Je n'en sais rien… à part ça.

Elle saisit une feuille sur laquelle se trouvait la photo d'une femme brune d'une trentaine d'années, les yeux fermés. On ne pouvait dire s'il s'agissait d'un cadavre ou si elle était juste endormie.

— L'inconnue de Naye... Ça te dit rien ?

— Rien du tout.

— Une fille que des touristes ont retrouvée dans la montagne avant Noël. Ne me dis pas que c'est pour cette histoire que t'es allé te foutre dans ce merdier ?

— Mais j'en sais rien, je t'assure ! Je ne sais pas pourquoi j'étais là-haut.

Sybille l'observa avec un air suspicieux.

— Et tu te rappelles pour nous ?

— Quoi nous ?

— On a baisé juste avant ton accident. C'était super.

Joshua fut gagné par un sentiment de gêne. Il aimait bien Sybille, elle était drôle, intelligente et une partenaire en or massif... mais il n'avait aucun souvenir de flirt avec elle.

— Non, je déconne, dit-elle en lui faisant un clin d'œil. À lundi alors ! Essaie de dormir un peu.

Dormir ? Depuis son retour à la réalité, il n'avait pas réussi à faire une nuit complète. Les images de sa chute et la sensation d'oppression revenaient à chaque fois qu'il fermait les yeux.

— À lundi et merci pour tout, avait-il répondu avant de quitter son amie et de se retrouver seul dans son appartement.

12

Il avait passé une partie du week-end affalé dans son canapé, le chauffage réglé au maximum pour tenter de faire disparaître la sensation de vide qui lui glaçait le sang. Peine perdue. Rester immobile sous son plaid en laine lui rappelait les quelques heures – pas plus d'une ou deux d'après le doc – durant lesquelles une masse compacte de neige s'était compressée contre la moindre parcelle de son corps jusqu'à lui griller les rétines et ralentir les synapses de son cerveau. Aussi s'était-il dit qu'il valait mieux bouger. Non seulement ça réchaufferait ses muscles, mais ça l'aiderait à constater qu'il était bien vivant. Après avoir passé quelques heures à ranger et nettoyer son appartement de fond en comble – une première depuis son installation à Vevey –, il avait finalement enfilé un jogging et des baskets pour sortir courir sur la promenade le long du lac. Malgré le vent gelé qui transperçait ses gants en laine et ravivait un picotement désagréable au bout de ses doigts, sentir ses muscles se contracter le remplissait d'une joie intense. Le froid, l'immobilité, les ténèbres, le silence assourdissant... c'était la mort. Courir à en perdre haleine entouré des lumières et de l'agitation de la ville, voilà ce à quoi il aspirait... La vie à l'état brut dans tout ce qu'elle avait de plus banal, mais la vie, bordel, la vie ! Après une bonne dizaine de kilomètres parcourus à un rythme effréné, il était rentré chez lui pour prendre une douche brûlante. Nu dans la salle de bains, il avait observé son corps dans le miroir, comme dans son rêve. Il était plutôt en forme malgré le peu de sport qu'il pratiquait. Sa peau rougie par la chaleur de l'eau lui donnait des airs d'écrevisse tout juste sortie de la casserole. Il pinça la chair au niveau de son ventre et ne réussit à obtenir qu'un petit pli. « La crevette » : c'était le surnom trouvé par Sybille, elle qui semblait bâtie dans un bloc de béton armé. Il n'avait jamais eu de bide malgré les kilos de malbouffe qu'il s'infligeait à longueur de journée. Son addiction principale ? Le chocolat... Et ça ne s'était pas arrangé en venant s'installer à Vevey, ville réputée pour ses chocolateries et abritant le siège de Nestlé, dont l'activité fournissait un emploi à une grande partie des habitants de la région. Question de métabolisme, certains s'empiffrent sans prendre un gramme, d'autres font du gras ! *That's life !* Ses yeux descendirent jusqu'à son bas-ventre et il constata qu'il commençait à avoir une légère érection. *Ça aussi c'est la vie !* se dit-il en réfléchissant à la dernière fois qu'il s'était glissé entre les cuisses d'une femme. Ça remontait à... au moins six mois ! Alice, la fille qui bossait à l'accueil du centre de la police de la Riviera. Ils avaient pris le train à crémaillère pour parcourir les alpages, et toute cette nature en pleine floraison leur avait transmis l'envie de s'envoyer en l'air au milieu des champs. Joshua pouvait encore sentir la chaleur des rayons sur son dos alors qu'il était allongé sur elle pour goûter au brasier de son corps collé contre le sien. La chaleur contre le froid, la vie contre la mort…

Le soleil commençait à baisser et le peu de lumière filtrant entre les nuages donnait au lac des reflets d'un gris acier presque irréel. Une serviette autour de la taille et un gros pull en laine sur les épaules, il s'était installé à son bureau et avait finalement décidé de consulter les dossiers éparpillés çà et là. On y voyait cette fille endormie ou morte, l'inconnue de Naye… Il allait commencer à se plonger dans la lecture quand une idée lui traversa soudain l'esprit : QUI t'a sauvé ? Il savait par Sybille qu'un guide de haute montagne et son chien s'étaient chargés de creuser l'épaisseur figée de son cercueil de neige, mais il n'avait pas demandé son nom. Abandonnant sa tâche, il se rua sur son téléphone portable et composa le numéro de sa coéquipière qui, après plusieurs sonneries, finit par décrocher.

— Alors, comment va Captain Igloo ? dit-elle de la voix aiguë qu'elle prenait quand elle était contente de ses plaisanteries.

— Bien… Dis donc, j'ai oublié de te demander un truc. Comment s'appelle le guide qui m'a trouvé dans la neige ?

— Euh… attends, je vérifie, je crois bien que je l'ai noté quelque part.

Au bout de quelques minutes – Sybille n'était pas du genre minutieux –, elle reprit le combiné.

— Alors son nom c'est André Létai, c'est un gars de la colonne (Sybille parlait de la colonne de secours, un groupement d'experts de haute montagne avec lequel la police travaillait en cas d'urgence). Tu lui dois une fière chandelle !

— T'as son numéro ?

— Non, juste son adresse dans les Hauts de Caux. C'est pas le genre collé à son téléphone, ce type.

— Ah bon ?

— Ouais… je l'ai vu quand ils t'ont descendu, il est plutôt bourru, même selon mes critères.

— OK… je te remercie.

— De rien, ma crevette. On se croise demain au bureau, répondit-elle en raccrochant.

Il avait hésité quelques minutes, puis s'était décidé à se rhabiller et à enfiler sa parka. Après tout, s'il avait la chance d'envisager une nouvelle vie, c'était grâce à ce gars et à son chien. Ils méritaient bien tous les deux qu'il fasse un petit détour pour leur rendre visite avant de reprendre le travail.

13

À une vingtaine de minutes à pied en empruntant la rue du Lac, Joshua avait rejoint la gare de Montreux et embarqué à bord d'un train à crémaillère grimpant dans la montagne en direction des Hauts de Caux. Après avoir quitté le centre-ville, l'étroite cabine serpentait entre les immeubles de la cité historique et passait par le quartier des Planches, livrant une succession de points de vue sublimes et vertigineux sur le lac Léman encadré par les Alpes. Il s'était appuyé sur la petite tablette en bois où une image du « domaine » répertoriait tous les itinéraires touristiques. Train du chocolat – première excursion qu'il avait faite (et refaite) –, train du fromage et particulièrement du gruyère réputé exceptionnel, train panoramique s'engouffrant dans les alpages, train des sommets pour aller skier au Rocher de Naye, tout était pensé pour que la population locale, comme le touriste ou le festivalier, profite au maximum. Joshua adorait la Riviera, et en particulier le canton de Vaud. C'est là qu'il était né, qu'il avait vécu toute son enfance, fait ses études et son apprentissage (le fameux certificat fédéral de capacité envié par les voisins français et le monde entier) avant de passer l'examen de l'école de police. C'était son univers : à la fois maritime et presque méditerranéen (le Léman était tellement grand qu'il donnait l'impression d'être une mer intérieure), mais également fortement imprégné par la culture montagnarde. De Lausanne à la frontière française, les villes formaient de larges bandes s'étirant au pied des massifs avec pour unique horizon l'immensité des eaux du lac et la silhouette majestueuse des Alpes. Le train marqua l'arrêt à la gare de Glion et le conducteur descendit de la cabine pour pointer son passage avant de reprendre sa route. Il n'y avait guère que deux ou trois autres personnes à bord, car le mois de janvier était la seule période véritablement creuse de l'année – et aussi celle dont le climat était le plus rude. À l'extérieur, de la neige commençait à apparaître sur la voie alors que les crans de la crémaillère grimpaient des pentes de plus en plus raides, passant sur d'étroits ponts accrochés au-dessus du vide. Lorsqu'il descendit à la station Hauts de Caux, la nuit était déjà tombée et l'horloge sur le quai indiquait 17 h 32. Il sentit immédiatement le froid s'engouffrer entre les pans de sa parka et il se calfeutra au maximum pour éviter de subir l'insupportable engourdissement qu'il avait vécu lors de son accident. André Létai habitait chemin des Roches Noires et d'après le portable de Joshua, il devait se trouver à moins de dix minutes à pied de la gare. Il lui en fallut en réalité presque trente pour grimper la route principale, recouverte de verglas. Il ne croisa que quelques rares voitures descendant vers la ville, phares allumés, avant de rejoindre un petit chemin coupant à travers une forêt d'immenses sapins courbés sous le poids de la poudreuse. La maison du guide se situait au fond d'une allée que personne n'avait visiblement pris le soin de déneiger. Joshua s'enfonça jusqu'aux chevilles et une désagréable sensation d'humidité glacée s'immisça à travers le tissu de son jean. Il accéléra le pas, dépassant plusieurs chalets aux volets clos, sans doute des résidences secondaires appartenant à de riches propriétaires de Lausanne ou peut-être à des étrangers, de plus en plus amateurs d'alpages suisses. Une centaine de mètres plus loin, l'allée finissait en cul-de-sac face à une clôture derrière laquelle il devinait la forme d'un grand chalet en bois. Un panneau « Propriété privée, Chien méchant » avait été cloué sur le portillon. Il fallait être foutrement parano pour mettre ce genre d'avertissement dans un coin aussi paumé, mais Joshua savait que les maisons des environs étaient couramment visitées par les cambrioleurs. Il saisit la chaînette suspendue sur la clôture et fit carillonner une petite cloche le plus fortement possible. Aucune réponse. Il hésita à rebrousser chemin ; après tout, il aurait très bien pu rendre visite à son sauveur plus tard dans la semaine et en plein jour. Mais le tissu trempé de son jean lui rappela la route qu'il avait dû faire pour venir jusque-là et il se dit qu'il était dommage de ne pas, au moins, frapper à la porte de la maison pour s'assurer que personne n'était là. Il poussa le portail qui s'ouvrit immédiatement. Le chalet se trouvait à une vingtaine de mètres, sa façade était sombre hormis une faible lumière à la fenêtre de l'étage. Joshua s'engouffra sur un petit chemin gravillonné qui serpentait jusqu'à la porte d'entrée. Le grincement métallique du portail en train de se refermer derrière lui le fit sursauter, et il accéléra le pas. Aucune lampe n'éclairait le jardin ni la maison. Il avançait dans l'obscurité totale, sentant la présence des sapins dont les hautes ramures découpaient le ciel en d'inquiétantes ombres chinoises. Il y eut un mouvement sur le côté suivi d'un grognement, et Joshua eut juste le temps d'apercevoir deux points lumineux braqués sur lui avant que le chien ne se précipite dans sa direction la gueule grande ouverte.

— Bordel de merde ! vociféra-t-il en se retournant vers l'animal qui n'était plus qu'à deux mètres.

Instinctivement, il porta la main à sa ceinture, mais il n'avait pas pris son arme de service et il se résigna à tendre les bras en avant pour amortir le choc qui lui semblait désormais inévitable.

— ANCHISE ! hurla une voix incroyablement grave depuis l'intérieur du chalet.

La bête arrêta immédiatement sa course et rampa précautionneusement vers son maître. Une silhouette immense et sombre se dressait dans l'encadrement de la porte, braquant son regard sur Joshua.

— Je t'attendais, dit-elle en se retournant pour rentrer dans la maison.

Joshua venait de faire connaissance avec André Létai, son sauveur.

14

L'intérieur du chalet était beaucoup plus étroit et calfeutré que ne le laissait présager la façade. Un bric-à-brac d'objets s'accumulait un peu partout, et Joshua eut l'impression de pénétrer dans l'antre d'un brocanteur en mal de stockage. Vautré dans un canapé en velours vert élimé – il avait dû valoir une fortune avant de devenir une épave –, il contemplait une succession de cartons empilés de manière anarchique jusqu'au museau d'une tête de cerf dont les bois se déployaient à deux mètres de hauteur. Sur un mur, une immense pendule à coucou modèle Forêt-Noire dispensait son *tic-tac* aussi obsédant qu'un métronome. Joshua remarqua quelques photos en noir et blanc où une large silhouette tenait une paire de skis, d'autres montrant un bébé potelé dans les bras d'une femme blonde, et une myriade de coupes et de médailles alignées en rang d'oignons sur un buffet en chêne. Face à lui, une petite table basse marocaine avec un plateau rond en métal doré sur lequel deux antiques bougies désodorisantes accumulaient la poussière. Anchise, un vieux saint-bernard aux yeux voilés par la cataracte, le fixait la langue pendante, lâchant par intermittence un jet de bave sur le tapis en laine grisâtre où il s'était affalé. La bête n'avait pas l'air méchante, mais devait bien peser dans les soixante-dix kilos. Joshua se demandait si c'était elle qui lui avait sauvé la vie là-haut, dans la montagne. Au bout de quelques minutes, André revint avec un plateau sur lequel se trouvaient deux tasses de café fumant et une bouteille contenant un liquide translucide qui avait peu de chances d'être de l'eau.

— Réchauffe-toi un peu, gamin, dit-il en lui tendant la première tasse.

Joshua se sentait mal à l'aise, mais la chaleur du breuvage contre ses lèvres le rassura suffisamment pour qu'il prenne la parole.

— Je suis monté vous remercier de m'avoir sauvé.

Les mots étaient sortis d'un coup et il s'en voulait de ne pas avoir réussi à formuler ça mieux.

— C'est lui qu'il faut remercier, répondit André en inclinant la tête vers Anchise. Il t'a reniflé sous trois mètres de neige... il a un sacré flair, ce vieux sac à puces.

Anchise regardait son maître avec des yeux pleins de gratitude, on aurait cru qu'il comprenait leur conversation et qu'il était en train de vivre le plus beau jour de sa vie.

— Faut pas trop que je lui fasse de compliments sinon il se met à pisser, ce con ! C'est le véto qui m'a dit ça, il a une sorte d'incontinence affective... Trop d'émotion et j'suis bon pour la serpillière !

Joshua ne put retenir un éclat de rire et Anchise tourna immédiatement la tête vers lui pour le foudroyer du regard. Il avait presque envie de s'excuser.

— Est-ce que vous pouvez me dire à quel endroit je me trouvais ? Je veux dire… avant l'avalanche.

— Quelque part sous le Rocher de Naye… dans le sentier des grottes, répondit André en sifflant d'un coup sa tasse de café.

— Mais y a rien là-bas en cette saison ?

— Non, rien du tout à part de la neige… Et puis pas bonne, en plus, avec tout ce qui est tombé. T'as eu de la chance que je t'aperçoive au moment de la coulée. Si j'avais pas sorti les raquettes ce jour-là on t'aurait retrouvé au printemps ! Et un peu moins en forme…

André déboucha la bouteille et versa une rasade dans sa tasse avant de faire de même avec celle de Joshua.

— Voilà, là tu vas vraiment pouvoir te réchauffer le gosier… C'est de la prune, je la fais moi-même dans ma cave. Je sais que t'es flic, mais bon, j'imagine que tu vas pas me dénoncer…

Pour toute réponse Joshua porta la tasse à ses lèvres et sentit le goût du fruit quelques secondes avant que l'alcool ne lui déchire le fond de la gorge et n'allume un feu dans sa trachée.

— C'est fort, dit-il en toussant.

— C'est ce qu'il te faut. T'es un homme des neiges maintenant, tu vas connaître le froid intérieur toute ta vie…

Il avait prononcé ces mots en le fixant avec intensité.

André devait avoir une cinquantaine d'années mais en paraissait vingt de plus tellement ses traits étaient ridés comme une vieille pomme. Sa peau mate contrastait avec le bleu profond de ses iris et la blancheur de ses dents. On ne croisait pas ce genre de tronche en ville, c'était le visage d'un gars qui avait vécu toute son existence dans la montagne, un visage tanné par le soleil et le froid. Joshua détourna les yeux pour fixer la tête de cerf dont le regard mort se perdait vers le plafond.

— Tu chasses ? demanda André en reprenant une rasade de prune.

— Non... j'aime pas trop les armes.

— Un flic qui aime pas les armes ! Mince alors, ça, c'est du sacrilège !

Et il fut pris d'un rire guttural qui se termina par une bonne quinte de toux.

— Saloperies de poumons, le docteur dit qu'il va falloir m'en enlever un... Tu crois qu'on peut vivre avec un seul poumon ?

Joshua fut surpris par la gravité que prenait soudain leur conversation. André devait être vraiment malade pour qu'on lui recommande une telle opération... un cancer peut-être.

— Sûrement, si votre médecin vous le conseille...

— Faut pas faire confiance aux médecins, gamin, c'est tous des menteurs.

Le regard bleu d'André se tourna vers le trophée et un sourire apparut sur ses lèvres.

— Ce cerf, je l'ai abattu y a presque dix ans... dans le bois juste derrière. Tu t'y connais en cerf ?

Joshua inclina la tête négativement.

— À la période des amours, ils quittent leur harde pour aller s'accoupler... et là vaut mieux pas croiser leur chemin. Tu vois ces bois ? Ils peuvent t'éventrer d'un seul coup de tête. Un jour, j'en ai vu un rentrer dans une baraque... j'te dis pas ! Il a rien laissé, on aurait dit qu'une bombe avait tout fait péter à l'intérieur.

— C'est dingue, répondit Joshua en faisant semblant de s'intéresser.

Après tout ce gars lui avait sauvé la peau, il aurait pu lui parler de la reproduction des marmottes et capter toute son attention.

— Ouais... enfin bref, lorsqu'il trouve la bonne biche, eh bah il fait son affaire et après la mère donne le jour à un unique faon... un seul bébé ! Une vraie famille à trois, tu te rends compte.

Joshua ne voyait pas trop où il voulait en venir surtout qu'André, tout en faisant son reportage animalier, enchaînait les verres de prune et avait les yeux de plus en plus perdus dans le vague.

— Mais la mère, elle s'en occupe pas, du bébé ! Tu penses qu'elle préparerait un petit gîte ou quelque chose pour l'accueillir ? Que dalle, il reste quinze jours par terre, planqué, à crever la dalle ! Elle vient de temps en temps pour l'allaiter, mais c'est tout... Il faut qu'il se démerde pendant les quinze premiers jours de sa vie ! T'imagines ! C'est pour ça que c'est des durs à cuire, ces animaux. Ils ont pas le choix ! C'est marche ou crève dès leur naissance !

André vida cul sec un nouveau verre de prune et tourna la tête vers sa pendule.

— Dis donc, gamin, tu viens de rater le train, si tu veux avoir le dernier, va falloir y aller. Sinon j'ai un lit à l'étage.

Joshua sentit l'angoisse monter instantanément à l'idée de passer la nuit dans ce chalet avec André ivre mort au rez-de-chaussée.

— Je vais y aller, dit-il en se redressant d'un coup sous le regard inquisiteur d'Anchise.

André le raccompagna à la porte – en manquant de trébucher sur un carton –, et le serra dans ses bras avec une force supérieure à celle de Sybille, ce qui n'était pas rien.

— À bientôt, dit-il en clopinant tant bien que mal jusqu'au portail. Prends soin de toi, hein !

Et Joshua se retrouva dans l'allée, un peu grisé par l'alcool et la chaleur de son hôte. Le chemin du retour fut beaucoup plus facile grâce au feu intérieur de la vieille prune d'André. La gare des Hauts de Caux était totalement déserte, et les lumières de Montreux brillaient en contrebas. Lorsqu'il rejoignit le quai pour attendre son train, il aperçut la silhouette d'un homme vaguement tourné vers lui. À mesure qu'il se rapprochait pour détailler ce visage qui le fixait sans bouger, un sentiment de malaise monta dans ses tripes. Il reconnut alors la bouche de travers et les yeux illuminés de Clovis. La silhouette disparut d'un coup, et un spasme lui contracta l'estomac au point qu'il se pencha sur les rails pour vomir. La prune d'André n'était vraiment pas passée ou bien cette vision furtive issue de son cauchemar lui avait retourné les entrailles. Il y eut un long sifflement et le train entra en gare. Joshua se précipita à l'intérieur pour se blottir dans la cabine, les yeux rivés vers la ville. Il voulait quitter la montagne et retrouver la chaleur apaisante de son appartement. « Tu vas connaître le froid intérieur toute ta vie »... Les mots d'André commencèrent à lui faire peur.

15

Le centre d'intervention de la police cantonale vaudoise se trouvait dans un immeuble carré situé sur les quais en bordure de la rivière Veveyse dont le long parcours alpin terminait sa course dans le Léman après avoir traversé la ville. Depuis son coin de bureau au deuxième étage, Joshua apercevait un petit parking réservé au personnel de la gendarmerie mais il n'avait qu'à tourner la tête vers la baie vitrée sud pour contempler le lac et le ciel plombé de nuages opaques. Sybille se tenait face à lui. Son pull en laine à col roulé faisait ressortir ses épaules de nageuse. Elle était au téléphone et sa voix criarde lançait des « c'est pas possible : putain de bordel ! y a plus de savoir-vivre ! » dans ce qui semblait être une discussion passionnante avec un collègue de la voirie. Joshua avait rassemblé tous les dossiers encombrant le bureau de son appartement pour les ramener au poste. Il n'avait encore aucun souvenir du pourquoi ni du comment des recherches qui l'avaient mené dans les montagnes, mais il ne voyait aucune raison d'occuper son temps libre avec ça. La pile de classeurs et de chemises se trouvait posée face à lui, et il décida d'aller se servir une tasse de café avant de les consulter. Quelque chose en lui repoussait cette échéance sans qu'il sache pourquoi. Peut-être que la simple évocation de cette foutue avalanche et du froid transperçant sa peau et ses os lui congelait le cervelet. Une sensation de fourmillement commença à lui picoter les doigts et il chassa ces pensées de sa tête pour se concentrer sur sa tâche. L'unité de police judiciaire possédait sa propre petite cafétéria au milieu d'un vaste open space où les officiers papillonnaient. Après l'académie de police, Joshua avait immédiatement postulé pour rentrer dans la « cantonale » et s'orienter vers des affaires criminelles. Sa passion adolescente pour les séries télé et son goût pour les énigmes y étaient sans doute pour quelque chose. Contrairement au cliché du flic, il n'avait pas de passé torturé ni de vices cachés. Il ne se sentait pas non plus antihéros borderline prêt à jouer du revolver ou des muscles pour rétablir la justice – d'ailleurs il valait mieux vu ses performances déplorables au stand de tir. Non, il était simplement Joshua Auberson, un mec normal qui aimait son métier.

— Ça me troue le cul ! hurla Sybille en se retournant vers lui pour le gratifier d'un clin d'œil bienveillant.

Il posa son mug sur une desserte en bois et entreprit de se servir une bonne dose du liquide noirâtre stagnant dans la cafetière. Jugeant le breuvage trop tiède, il plaça sa tasse dans le micro-ondes et lança un cycle de deux minutes.

— Rhaaaa, faut que je te raconte ça, dit Sybille en venant le rejoindre.

Une seconde, il planta ses yeux sur sa poitrine généreuse parfaitement moulée par son pull et les remonta aussitôt en sentant une pointe de gêne – et une légère érection – monter.

— Qu'est-ce qui t'arrive ? répondit-il pour donner le change.

— Boris, le mec de la Riviera, il vient de coincer un type qui pissait sur les grosses berlines. J'veux dire, uniquement sur les grosses berlines !

— Un genre de lutte sociale urinaire ?

— Voilà c'est ça ! Le mec a commencé cet été avec la Merco du maire et il s'est vidé la vessie sur quasiment tout le conseil cantonal pendant l'automne, et quand ils ont fini par le choper, il leur a dit : « Y a pas de mal à payer mes impôts en liquide ! »

— Remarque, il a de l'humour !

Joshua saisit sa tasse dans le micro-ondes et porta le café brûlant à ses lèvres. Il mit quelques secondes à se rendre compte que la chaleur était forte, beaucoup trop forte pour sa peau dont les tissus tournaient déjà au rouge violacé. Dans un réflexe de préservation, il lâcha le tout et la porcelaine se brisa sur le carrelage, projetant du café sur leurs chaussures.

— Ça va ? demanda Sybille en le fixant avec ses yeux plissés.

— J'suis désolé… je ne sens pas la chaleur.

Il regarda ses doigts, incapable de ressentir la moindre douleur.

— C'est à cause des engelures, t'as failli perdre tes doigts, tu sais.

Sybille s'était baissée et épongeait le liquide avec une serpillière. Joshua se pencha pour lui donner un coup de main mais elle lui fit signe qu'elle gérait.

— Tu devrais mettre de la Biafine, ça va forcément te faire mal à un moment.

— Oui…, dit-il en se dirigeant vers son bureau.

Il souffla un peu sur ses doigts – toujours aussi inertes –, et entreprit d'ouvrir la première pochette de sa pile de dossiers. Il tomba sur la photo de l'inconnue de Naye, accompagnée d'un rapport précis de l'état dans lequel elle avait été retrouvée à 10 h 30 du matin par un couple de vacanciers. Elle ne portait qu'un simple bas de survêtement, trop large pour elle, une paire de baskets type tennis, un tee-shirt gris sans étiquette et un hoodie noir avec le slogan « *I'm a cat* ». Qui s'aventurait dans les montagnes en plein hiver habillé comme ça ? *Il faut être encore plus dingue que moi !* pensa Joshua en poursuivant la lecture. L'analyse de ses prélèvements ADN n'avait donné aucun résultat et, étant donné qu'elle n'avait pas le moindre papier d'identité sur elle et que personne n'avait signalé de disparition correspondant à sa description, ils avaient été incapables de lui donner un nom. La pauvre fille était de plus dans un état critique suite à son hypothermie, et restait dans un coma artificiel dont le rapport médical stipulait qu'« il serait maintenu jusqu'à évolution de son état ». Joshua remarqua qu'une pièce à conviction numérotée A.2208 était mentionnée en bas du procès-verbal – le seul objet retrouvé dans les poches du jogging de l'inconnue – et il se mit à la recherche de cet élément dans le flot de paperasses.

— Ça va, les doigts ? demanda Sybille en venant le rejoindre.

Une lointaine douleur commençait à pulser le long de ses phalanges et il se dit qu'il allait certainement dérouiller d'ici peu. C'est alors qu'une reproduction de la pièce A.2208 apparut, agrafée au dos d'un feuillet de procédure. Joshua sentit un frisson lui parcourir le corps et se transformer en migraine. Il s'agissait de la photo en noir et blanc d'une jolie jeune fille blonde qu'il ne reconnaissait que trop bien : Catherine Alexander, la fille disparue de l'*Avalanche Hôtel*.

La fille de son cauchemar…

16

Sybille scrutait tranche après tranche l'interminable rangée de boîtes cartonnées alignées sur une série d'étagères en acier.

— T'es sûr de toi ? Ça fait quand même trente-huit ans !

— Ruben m'a dit qu'ils conservent les archives depuis la création du poste de Vevey et ça remonte à plus loin que ça !

— Ouais, bah on n'est pas sortis de l'auberge, là…

— Janvier 1980… c'est cette boîte qu'il faut trouver, continua Joshua en se baissant pour vérifier les dossiers au pied de l'étagère.

— Comment tu peux être si précis ? Qu'est-ce qui s'est passé en janvier 1980 ? J'veux dire à part le premier album d'Iron Maiden ?

Joshua hésita à lui révéler la vérité. Après tout il n'était pas certain lui-même de savoir ce qu'ils cherchaient. Il s'était toujours imaginé être un gars rationnel, pas le genre à partir dans des délires mystiques ou des théories ésotériques. Pourtant il ne pouvait pas effacer son cauchemar, comme il ne pouvait oublier le visage de Catherine Alexander, la fille de l'*Avalanche Hôtel* dont la photo se trouvait dans la poche de l'inconnue de Naye.

— Cherche cette boîte d'archives et fais pas chier !

Sybille eut un petit sourire en coin et lui présenta l'un des cartons sur lequel était inscrit 01/1980 au marqueur noir.

— Tu veux dire celle-là, crevette ?

BINGO ! Joshua sentit l'excitation monter d'un cran alors que Sybille déambulait avec lui dans le couloir, sa trouvaille serrée contre la poitrine.

La réserve était située dans les sous-sols du bâtiment et le fonctionnaire chargé de l'entretien leur avait débarrassé une table. Joshua sortit frénétiquement le contenu de la boîte et commença à étaler une pile de dossiers cartonnés sur toute la surface.

— OK... Maintenant faut trouver une affaire Catherine Alexander... une affaire de disparition... ou peut-être un document mentionnant l'*Avalanche Hôtel*.

Sybille le jaugeait d'un œil suspicieux.

— Ça a un rapport avec les recherches que tu faisais avant ton accident ?

— J'en sais rien !

Il avait répondu sèchement, presque avec hargne et se sentit immédiatement honteux.

— Excuse-moi... les souvenirs me reviennent par bribes... ça m'angoisse. J'ai l'impression de retourner en arrière avec un bandeau sur les yeux.

Elle ne dit rien et se contenta de fixer les pages de garde des différentes pochettes. Pas de Catherine Alexander et encore moins d'*Avalanche Hôtel* – d'ailleurs, elle n'avait jamais entendu ce nom dans la région –, puis elle remarqua un dossier rouge sur le dos duquel était collée une étiquette.

— Le *Bellevue Grand Palace* ? Tu connais ? C'est pas le vieux truc en ruine qui surplombe Montreux ?

— Montre-moi ça ! répondit Joshua en lui arrachant la pochette des mains.

Il fit glisser l'élastique et ouvrit la première page pour découvrir une petite liasse de feuillets dactylographiés qu'il posa en éventail sur la table. Des rapports d'enquête, des dépositions et, entre deux documents, une fiche en carton avec un trombone et une photo : une belle fille, longs cheveux blonds, joues creuses, regard clair et un petit peu hautain.

— Catherine Alexander ! C'est elle ! 5 janvier 1962... Elle avait juste dix-huit ans, comme dans mon rêve !

Sybille écarquillait ses yeux de fouine à tel point qu'ils menaçaient de sortir de leurs orbites.

— De quoi tu parles ?

— J'ai vu cette fille, la même photo, la même année de naissance... sauf que l'hôtel ne s'appelait pas pareil ! J'y étais le jour où elle a été enlevée.

— Tu y étais ? Tu veux dire que tu as imaginé tout ça ?

— Oui, pendant l'avalanche... Joshua Auberson, agent de sécurité, je devais enquêter sur sa disparition.

Sybille lui prit le dossier des mains. Elle tourna les pages avec une dextérité étonnante pour l'épaisseur de ses pognes et s'arrêta à plusieurs endroits.

— Quelqu'un a mis des notes dans les marges.

Et elle lui tendit un formulaire où Joshua distingua quelques mots écrits au crayon à papier.

— Ça ne te rappelle rien ?

— C'est mon écriture ! répondit-il en fixant les lettres.

— Ouais... ça veut dire que tu es déjà descendu ici consulter ce dossier. D'où la plupart de tes souvenirs, si tu veux mon avis. Alors il se passait quoi exactement dans ton rêve ?

— Bah il y avait cette fille... et un gars aussi, un certain Clovis... il m'entraînait dehors et...

— C'est toi qui as écrit ça, lâcha Sybille en pointant un nom entouré. « Sylvain Lieber » ça te dit quelque chose ?

Il eut comme un flash et se sentit transporté dans le salon bleu du palace. Avec son costume et sa blessure au front.

— C'est le flic ! Celui qui enquêtait sur l'enlèvement de la gamine.

— On dirait bien que tu as trouvé son numéro de téléphone, dit-elle en lui montrant une série de chiffres.

Joshua lui lança un regard perdu. Il n'avait absolument aucun souvenir de tout ça. Avait-il déjà appelé Lieber ? Est-ce que c'est cette piste qui l'avait mené dans les montagnes ?

— En tout cas y a quelque chose de pas clair, ça c'est sûr, fit remarquer Sybille en rassemblant les documents dans la pochette.

Elle attrapa la photo de Catherine et la fixa avec une moue perplexe. Qu'est-ce que ce cliché faisait dans les affaires de l'inconnue de Naye, presque quarante piges plus tard ? Joshua n'en savait fichtrement rien. Mais il sentait qu'il avait son rôle à jouer dans la résolution de cette énigme et pour la première fois depuis son accident, le froid semblait s'éloigner.

17

Joshua vérifia une fois de plus l'écran d'accueil de son téléphone portable : rien ! Il avait essayé de joindre Sylvain Lieber tout l'après-midi sans succès et le gars ne se donnait même pas la peine de le rappeler. Depuis leur petite expédition dans les archives, il n'arrêtait pas de penser à son cauchemar. Pourquoi avait-il le sentiment de savoir quelque chose d'important que les autres ignoraient ? Catherine Alexander avait disparu le 6 janvier 1980, alors qu'elle passait des vacances au *Bellevue Grand Palace* avec ses parents. Elle avait pris son petit déjeuner dans sa chambre avant de se volatiliser. L'enquête n'avait jamais permis de retrouver la gamine et les éléments accumulés par Lieber manquaient au dossier.

— T'as commandé sa petite sœur ? dit Sybille en pointant du doigt un verre vide sur le comptoir.

Ils se trouvaient dans un bar de Montreux. Sybille l'avait convaincu de l'accompagner « prendre un p'tit coup », histoire de décompresser un peu.

— Deux autres Mai Tai, lança-t-elle en faisant un clin d'œil au barman.

Le *Jackie's Bar*, haut lieu de la vie nocturne à Montreux, possédait le charme des anciennes boîtes de jazz. Des murs noirs décorés de photos de musiciens célèbres, quelques fauteuils en cuir sombre façon club anglais, un long comptoir en bois derrière lequel des serveurs en chemises impeccables officiaient avec élégance. Les mecs avaient des bretelles pour tenir leurs pantalons – accessoire que Joshua pensait ne plus exister, mais que Sybille trouvait « terriblement sexy ». Et puis il y avait une petite scène au fond de la salle sur laquelle trônaient un piano et une série d'instruments destinés aux concerts live. En ce mois de janvier plutôt creux niveau fréquentation, la sono remplaçait les musiciens qui pointaient au chômage. Un morceau de Miles Davis diffusait ses accords dans le bar – dire que cette légende était venue au moins une dizaine de fois à Montreux et s'était certainement assise sur ces mêmes tabourets –, et Sybille sirotait son troisième Mai Tai avec des yeux brillants. Elle avait insisté pour passer chez elle se faire une beauté et enfiler une petite robe noire moulant sa poitrine généreuse et contrastant avantageusement avec la blondeur de ses cheveux.

Joshua était son ami depuis son entrée dans la police, c'était quasiment la première collègue à s'être intéressée à lui. Il l'avait d'abord prise pour une sorte de camionneuse un brin hostile avant de découvrir sa véritable personnalité. Sous ses airs de cheftaine, elle cachait un manque de confiance en elle presque maladif. Elle avait mis longtemps – et absorbé pas mal de vin – avant de lui en avouer la cause. À l'adolescence, Sybille avait

82

souffert d'obésité morbide. Elle mangeait pour combler quelque chose, mais quoi ? Incapable de freiner ses pulsions, elle était allée de psychologues en régimes sans réussir à perdre un seul kilo. Être grosse quand on est gamine c'est un peu comme se jeter dans une fosse aux lions avec des menottes : on a peu de chances d'en ressortir indemne. Alors elle avait morflé pendant des années, entre les boutades des garçons et les copines jamais avares en coups de surin dans les côtes flottantes. Elle s'était construite avec cette image de « grosse » lui coupant toutes perspectives, comme celle de séduire un mec, sans jamais réussir à l'assumer. Progressivement, la petite Sybille pleine d'humour et de repartie s'était prostrée à l'intérieur de ce corps devenu trop lourd pour elle. La souffrance comme seul horizon laisse parfois entrevoir la mort comme une solution… en tout cas c'est ce genre de connerie qu'elle avait en tête quand elle s'était taillé les veines dans la baignoire de la maison familiale. Mais c'est souvent lorsqu'on est au fond du trou qu'on finit par apercevoir la lumière. Et cette lumière avait pris la forme d'un médecin rencontré pendant son séjour à l'hôpital. Il lui avait parlé d'une opération et de la possibilité de lui poser un anneau gastrique pour l'aider dans sa perte de poids. Sybille avait repris espoir et quelques mois plus tard, elle avait commencé à constater des résultats. Depuis lors, devenue adepte du sport à outrance, le cross fit était sa religion, la fonte son amant le plus endurant ; elle s'était forgé un corps d'athlète et le mental qui va avec. Mais lorsqu'il s'agissait de se mettre en danger, c'est-à-dire d'aller vers l'autre et d'accepter la possibilité d'être repoussée, elle redevenait la « grosse » Sybille et perdait tous ses moyens. Alors elle avait décidé de « n'en avoir plus rien à foutre ! » et draguait sans filet à peu près tout ce qui ressemblait à un mâle normalement constitué. C'était un peu excessif, mais c'était sa manière de lutter contre la timidité.

— T'en penses quoi ? demanda-t-elle en hochant la tête vers le bout du comptoir.

Elle avait repéré un mec, la quarantaine, chemise en jean délavé, grosses bagues de motard, tatouages aux avant-bras et poitrail velu en vitrine. Le gars dévorait un hamburger en sirotant son verre de vin rouge. Il jetait parfois des œillades à droite, à gauche comme pour vérifier le périmètre.

— J'en pense que c'est un touriste, peut-être un musicien, mais pas sûr...

— Non, j'veux dire... il est bandant !

— J'sais pas, Sybille, t'es sûre que c'est ton genre ?

C'était définitivement son genre ! Depuis qu'il la connaissait, Joshua l'avait vue se prendre un nombre considérable de râteaux, mais également conclure avec au moins autant de bellâtres un brin vieux beaux de la même espèce. Un coup rapide dans les toilettes ou à l'arrière de sa voiture, ça lui allait très bien. Le ramener chez elle, ou dépenser quelques francs pour louer une chambre d'hôtel, très peu pour elle. Sybille était beaucoup de choses, mais le romantisme, c'était pas son truc !

— J'le tente ! dit-elle en quittant son tabouret pour foncer vers le gars en balançant les hanches.

Joshua la regarda s'installer à côté de sa proie et se pencher en avant pour prendre la carte des cocktails dont elle connaissait déjà le contenu par cœur. Sans surprise, il lorgna dans son décolleté – cliché persistant de la libido masculine. Au bout de quelques minutes, il vint lui glisser un mot à l'oreille et elle gloussa comme une jeune première qu'on invite au bal. Joshua était épaté par cette fille dont la nature bouillonnante s'exprimait avec tant d'imprévisibilité. Il se sentait parfois tellement classique et engoncé dans sa petite vie de flic suisse. Joshua Auberson, un mec simple et chiant. Pourtant il était persuadé que l'avalanche allait bousculer tout ça. C'était comme le déclencheur de quelque chose, son anneau gastrique à lui... Mais le déclencheur de quoi ?

— Encore un verre, monsieur ?

Joshua tourna la tête vers le serveur et un froid glacial s'engouffra dans la pièce en lui transperçant la poitrine.

— C'est la maison qui offre, dit Clovis en le fixant de ses yeux étranges.

Joshua eut un mouvement de recul et parcourut la salle du regard. Rien n'avait changé : les mêmes clients s'alcoolisaient lentement, assis dans les mêmes fauteuils, et Sybille n'en finissait pas de minauder. Pourtant Clovis, le Clovis de son cauchemar, se trouvait bien derrière le comptoir, vêtu du costume noir qu'il portait à l'*Avalanche Hôtel* et nettoyant précautionneusement un verre avec son chiffon.

— Peut-être qu'un Martini trouverait grâce à vos yeux, dit-il en esquissant un sourire dérangeant.

— Je suis en train de rêver, répondit Joshua en se redressant sur son tabouret.

— Pas que je sache, monsieur.

— Alors vous n'avez rien à faire ici. Vous n'êtes pas réel.

Clovis eut l'air étonné de cette remarque et se retourna pour prendre une bouteille et en verser le contenu dans le verre qu'il venait d'astiquer.

— Ou alors c'est vous qui n'êtes pas réel, monsieur.

— Qu'est-ce que vous voulez dire ? Je suis Joshua Auberson, lieutenant de police.

— Le réel est parfois trompeur, monsieur.

Alors que ses mains fouillaient la poche intérieure de sa veste à la recherche de sa carte de police, Joshua sentit une douleur lui contracter la poitrine. Une crise cardiaque... Il allait crever comme un con dans cette boîte de jazz en discutant avec un fantôme.

— Vous allez bien, monsieur ? demanda Clovis avec inquiétude.

— Je...

Les mots se figèrent dans sa bouche alors qu'une raideur intense lui paralysait les muscles. Il se sentit glisser de son tabouret et tomba lourdement sur le carrelage en mosaïques. Alors que la lumière diminuait de plus en plus, il aperçut le visage souriant de Clovis, penché au-dessus du bar. Puis il sombra à nouveau dans le noir.

18

Le réveil fut aussi brutal que son malaise. Une minute il se trouvait dans l'ambiance cosy du *Jackie's Bar*, la suivante il était entouré de raies lumineuses, la tête installée dans un scanner cérébral. Passé un moment de panique et une violente douleur aux cervicales, une foule de questions se mirent à tambouriner dans son crâne. Il commençait à avoir de sérieux doutes sur sa santé mentale et sur l'étendue des lésions causées par son petit séjour sous trois mètres de neige. Dans la chambre d'hôpital où il attendait les résultats de son examen – « on va finir par te faire une carte de membre », avait plaisanté Sybille –, il essayait de recoller les morceaux de sa discussion avec Clovis. Son amie lui avait expliqué qu'elle l'avait vu piquer du nez d'un coup et tomber la tête sur le comptoir, en ajoutant qu'avec ses conneries elle avait dû faire une croix sur Raymond, un musicien américain charmant, bien parti pour la culbuter sur le siège arrière. Joshua l'avait questionnée sur le barman : était-il en train de lui parler avant son malaise ? Pas qu'elle l'ait remarqué. Le joli petit cul avec les bretelles se trémoussait ailleurs avec d'autres clients. Joshua en avait déduit qu'il s'agissait bien d'une hallucination. Sa deuxième rencontre avec la silhouette furtive aperçue sur le quai de la gare. L'image de synapses grillées, comme des morceaux de viande morte, pourrissant quelque part dans sa cervelle, s'était formée dans son esprit et un spasme de dégoût l'avait parcouru. Il était en train de vomir ses tripes dans les toilettes quand la porte de la chambre s'était ouverte sur le docteur Humbert, avec sa blouse et ses yeux vert amande, une pile de feuilles à la main.

— Les résultats du scanner sont excellents ! Aucune aggravation de vos lésions, certaines sont même en train de se résorber. Mais je vous avais expliqué que l'hippocampe se régénère extrêmement vite.

— Sept cents cellules par jour ! compléta Sybille avec des yeux de biche.

Joshua était revenu des toilettes avec une tronche de déterré et la bouche pâteuse.

— Oui, enfin je viens quand même de chuter la tête la première sur un bar.

— Certes, mais la perte d'équilibre est un symptôme assez classique pour quelqu'un qui sort tout juste d'une hypothermie prolongée.

— Ou pour quelqu'un qui vient tout juste de se prendre une bonne cuite, interrompit Sybille en ratant sa vanne.

— Ça peut également être le résultat d'une forte baisse de tension, compléta Humbert.

— OK, mais j'ai eu des visions !

Sybille le fixa avec une moue étonnée. Il ne lui en avait pas parlé depuis son réveil.

— Quel genre de visions ? questionna Humbert avec intérêt.

— Un homme, le même que dans mon rêve... je veux dire le rêve que j'ai fait pendant l'avalanche.

— Et qu'est-ce qu'il vous disait ?

— Pas grand-chose, il voulait me servir un verre. Et il me disait un truc sur le réel... Je sais plus exactement quoi.

— Et vous l'avez déjà rencontré ?

— Pas que je sache. Je suis sûr qu'il travaille à l'*Avalanche Hôtel*... enfin au *Bellevue Grand Palace*.

— Vous parlez du palace au-dessus de Montreux ? Je pensais qu'il était abandonné depuis longtemps.

— Oui... je sais que ça a l'air dingue, mais ce mec me hante. Il était à la gare des Hauts de Caux aussi... Mais là, il ne m'avait pas adressé la parole, c'était juste une ombre.

Il y eut un long silence et Sybille hocha la tête comme si elle prenait soudain conscience que son partenaire avait une case en moins. Humbert nota quelques mots sur une des feuilles avant de reprendre la parole.

— Cet homme, le palace et même cette gare ou le bar où vous étiez hier... est-ce que ce sont des éléments en rapport avec votre vie... privée ou professionnelle ?

— Le *Jackie's* on y va de temps en temps, répondit Sybille, et le *Bellevue Grand Palace*...

— Je n'y ai jamais mis les pieds, coupa Joshua.

— Non, mais tu savais qu'il existait puisque tu t'étais intéressé au dossier Catherine Alexander !

— Ouais d'accord… Mais Clovis, je suis certain de ne l'avoir jamais rencontré !

— Je vous demande tout ça pour vous expliquer comment fonctionne votre mémoire. Voyez-vous, le cerveau est un organe complexe et fascinant. Chaque zone est activée pour une raison bien spécifique. La région postérieure, par exemple, va abriter des souvenirs plus précis que l'antérieure et définir le « grain » de notre mémoire. Comme dans un film, l'image peut être plus ou moins floue et les souvenirs assez imprécis.

— Mais je ne connais pas cet homme ! J'en suis certain !

— Je n'en doute pas, monsieur Auberson ! Ce que j'essaie de vous expliquer, pour rebondir sur les propos de votre ami « imaginaire », c'est que notre perception du réel se fonde en grande partie sur nos souvenirs. Ceux-ci sont stockés pour certains dans ce que l'on appelle la mémoire autobiographique – ce que JE suis –, c'est un peu le roman de votre vie telle que vous la vivez de l'intérieur… et pour d'autres dans la mémoire sémantique – ce que j'ai appris… c'est-à-dire la somme de vos expériences et de vos apprentissages. Dans votre cas la mémoire sémantique est intacte, vous pouvez encore marcher, lire, écrire, conduire, travailler… Mais c'est cette mémoire autobiographique qui a du mal à recoller certains morceaux. Vous ne savez pas exactement qui vous êtes… Il manque des pages à votre roman intérieur ! Mais encore une fois c'est normal… ça va se résorber avec le temps.

« Le réel est parfois trompeur… » Les mots de Clovis résonnaient à ses oreilles comme un avertissement sinistre.

— Est-il possible que ce personnage soit réellement imaginaire ? Je veux dire est-ce que mon cerveau endommagé pourrait en fait me parler pour m'aider à me reconstruire ?

Un observateur extérieur aurait pu croire que la mâchoire de Sybille allait se décrocher tellement cette dernière question la surprit.

— Je vois que vous commencez à comprendre où je veux en venir. Oui, c'est possible. Vous seriez fasciné par la complexité des mécanismes de défense et de réparation que notre cerveau est capable de mettre en œuvre pour protéger notre intégrité, aussi bien physique que mentale. Donc oui... votre spectre est peut-être un ange gardien mental !

Joshua sentit soudain une sensation intense de joie lui parcourir le corps. Depuis l'avalanche, le froid ne l'avait pas quitté et pour la première fois il entrevit la possibilité qu'il y ait quelque chose au fond de lui qui œuvrait pour faire jaillir la chaleur d'un brasier.

— Merci, docteur, dit-il en souriant à pleines dents.

19

Sur le chemin du retour, Sybille l'avait observé comme un animal étrange. Elle ne comprenait pas ce qui pouvait être rassurant dans le fait d'avoir un ami imaginaire qui vous proposait des verres gratos en vous déchaînant le palpitant au point de vous faire tomber dans les pommes. Joshua avait tenté de lui expliquer que le simple fait de réaliser que Clovis était imaginaire l'aidait à ne pas perdre pied mais elle s'était contentée de hocher la tête en prenant l'autoroute E62, direction Vevey.

— Attends, j'aimerais rendre visite à quelqu'un avant de rentrer, avait-il dit soudainement.

— T'as vu l'heure ? Tu ne veux pas plutôt te pieuter ?

Sybille avait raison. Entre son transfert du *Jackie's Bar* aux urgences, les examens et le débriefing du doc, il était déjà presque 1 heure du matin.

— Non, la personne à laquelle je pense se fout totalement de l'heure.

Il savait qu'elle était à deux doigts de lui dire d'arrêter de jouer les princesses et il pouvait voir sa mâchoire carrée se contracter d'agacement.

— OK, crevette… on va où exactement ? avait-elle demandé en enclenchant son clignotant pour prendre une bretelle de sortie.

— Au CHUV, j'crois que c'est rue du Bugnon… Attends, je mets le GPS.

— Rhooo t'es chiant là, bordel ! On pourrait pas faire ça demain plutôt ?

— On est à Lausanne, autant en profiter. Et puis j'ai vraiment pas envie de dormir. Je ne sais pas comment t'expliquer… Je me sens vivant.

— Ouais, bah y a d'autres trucs à faire vachement plus excitants quand on se sent vivant ! Tu veux que je te donne la liste ?

Elle avait continué à ronchonner sur tout le trajet jusqu'à la clinique. Le CHUV était spécialisé en médecine de soins « intensifs » : grands brûlés, détresses respiratoires, transplantations d'organes – super programme pour finir la soirée, dixit Sybille.

Après avoir montré leurs cartes de police à l'accueil, ils avaient été conduits dans l'aile réservée aux patients comateux et ils s'étaient retrouvés dans une petite chambre encombrée d'appareils. « On se croirait au casino », avait fait remarquer Sybille en référence aux multiples bips et aux lumières vives des diodes clignotant sur les appareils de monitoring. Tout ce fatras technologique était réuni autour d'un lit où une femme brune d'une trentaine d'années se tenait allongée les mains jointes sur la poitrine. Blanche-Neige. C'est l'image qui vint immédiatement à l'esprit de Joshua, non seulement à cause de sa position, mais également à cause de sa peau, très claire, contrastant avec son épaisse chevelure d'un noir de jais.

— Jolie poupée, notre inconnue, fit remarquer Sybille.

Joshua fixait le visage de la jeune femme en détaillant mentalement ses traits fins et plutôt gracieux. Elle avait les yeux fermés et respirait lentement, comme si elle était simplement endormie. Qu'avait-il espéré en venant lui rendre visite au cœur de la nuit ? Il ne le savait pas lui-même. Peut-être que, secrètement, il pensait que cette rencontre pourrait l'éclairer un peu plus sur son rêve. Pourtant elle ne lui disait absolument rien. Il était même certain de ne jamais l'avoir croisée, dans le monde réel ou ailleurs. L'inconnue de Naye conservait tout son mystère. Le médecin de garde les avait rejoints pour leur expliquer qu'elle était à 1 sur l'échelle de Glasgow, c'est-à-dire dans un coma très profond suite aux lésions causées par son hypothermie cérébrale. Joshua avait frissonné en imaginant qu'il aurait pu être dans le même état et une pointe de culpabilité lui avait serré la poitrine.

— Il y a une chance qu'elle se réveille ? avait demandé Sybille avec une gravité inhabituelle.

— C'est difficile à dire… Nous la soumettons à un procédé de neuro-réanimation expérimentale. Ça prendra du temps…

— Et elle est consciente ? Je veux dire, elle peut nous entendre ?

— Elle est incapable de réagir aux stimuli externes ou de se réveiller, mais rien ne prouve qu'elle ne nous entende pas.

Ils étaient restés tous les trois silencieux autour du corps endormi de cette femme dont le visage exprimait une profonde sérénité. Joshua ne savait pas si le plus difficile était de la voir dans cet état ou d'être incapable de lui donner un nom ou une identité. Elle se tenait sur le bord d'un abîme dans lequel elle allait disparaître sans laisser la moindre trace. Les morts n'existent qu'à travers le souvenir des vivants et dans son cas, personne ne s'était manifesté, ni famille ni amis... Elle était seule dans les abysses, il n'y avait rien de plus froid que l'oubli. Sybille lui avait pincé le bras vigoureusement pour lui signaler qu'il était temps de s'éclipser et ils avaient quitté la chambre avec amertume. Joshua avait alors senti un souffle glacial lui geler les entrailles. Sur la porte de l'inconnue de Naye, un numéro était inscrit à l'encre noire : 81...

Le numéro de chambre de l'*Avalanche Hôtel*.

Le numéro de son cauchemar.

20

Ils étaient arrivés en bas de son immeuble à 2 heures du matin et Joshua n'avait pas prononcé un seul mot sur le chemin du retour. 81... ce foutu numéro venait de faire voler en éclats la sensation de contrôle que lui avait procurée sa discussion avec le docteur Humbert. À nouveau, il avait l'impression que rêve et réalité se mélangeaient sans qu'il soit capable de les distinguer. Pourtant il y avait bien une explication à ce « hasard ». Peut-être avait-il simplement déjà rendu visite à l'inconnue de Naye avant de se retrouver pris dans l'avalanche ? Sa mémoire autobiographique utilisait des éléments épars pour recomposer une tapisserie aux contours imprécis, et il avançait dans le flou malgré tous ses efforts pour recoller les morceaux. Sybille n'avait pas cherché à le sortir de sa torpeur et s'était contentée de conduire à toute vitesse pour grappiller quelques heures de sommeil supplémentaires. Il avait été surpris lorsqu'elle lui avait proposé de monter prendre un petit verre, mais il lui devait bien ça. Ils étaient maintenant tous les deux vautrés dans son canapé à observer le paysage et les quelques rayons de lune perçant les nuages pour venir ricocher sur la surface du lac.

— Tu sais que je t'ai toujours trouvé mignon ? dit-elle d'un coup en se retournant vers lui.

Il se colla à elle, sans trop savoir comment ni pourquoi, et sentir la présence de son corps chaud lui procura une profonde sensation d'apaisement. Sybille et lui travaillaient ensemble depuis toujours, ils n'avaient jamais flirté ni même pensé à le faire, mais malgré la fatigue et ses neurones qui pédalaient dans la semoule, quelque chose dans ces bras puissants et ce regard tendre lui donnait envie de s'abandonner. Ils s'embrassèrent longuement avant de se déshabiller dans l'urgence et de rejoindre la chambre où ils firent l'amour avec beaucoup de douceur. Leur étreinte dura le temps d'une chanson, peut-être deux, et leurs corps se séparèrent pour se réfugier sous la couette.

— J'espère que ça ne change rien, dit Sybille avec un ton inquiet qu'il ne lui connaissait pas.

— Ça ne change rien.

— On reste amis, alors ? C'est pas parce qu'on a… couché ensemble qu'on va se prendre la tête, d'accord ?

Joshua observait son visage et ses petits yeux scrutant les siens avec insistance. Il avait l'impression de voir la gamine obèse cherchant l'amour dans le regard des autres, prête à fondre en larmes au moindre signe de rejet. Il la sentait tellement fragile malgré la force qu'elle dégageait.

— On est amis, répondit-il en lui prenant la main.

— Je peux rester dormir ici ?

— Bien sûr.

Il pouvait imaginer ce que ça signifiait pour elle qui lui avait raconté ses déboires amoureux dans les moindres détails et son incapacité à donner sa confiance au point de n'avoir jamais partagé le lit de quelqu'un pour une nuit complète.

Elle sourit puis ferma les yeux et s'endormit en quelques minutes. Joshua quant à lui fixait le plafond de sa chambre sur lequel la veilleuse d'un de ses ordinateurs projetait une petite lumière rouge. Il avait l'impression d'entendre, au loin, quelques accords de musique échappés d'une radio qu'un voisin insomniaque aurait oublié d'éteindre. Il voyait le visage de Clovis penché au-dessus de lui, prononçant des mots qu'il ne pouvait pas comprendre. La lumière rouge disparut, la musique s'éloigna un peu plus et il sombra dans le sommeil...

21

Il y avait quelque chose de terriblement dérangeant dans ce couloir. Était-ce la couleur des murs, verdâtres comme la surface d'un marécage insondable, ou bien l'impression de longueur anormale dont la perspective s'étendait à l'infini ? Un sentiment contre nature envahit Joshua alors qu'il se retrouvait à nouveau dans les méandres de l'*Avalanche Hôtel*. Il avait conscience de rêver, mais le moindre détail, comme la sensation moelleuse de la moquette sous ses pieds, pulsait d'une réalité pervertie.

Salut, copain, dit la voix grinçante de Chaminou à l'intérieur de sa tête. *Heureux de te revoir. Tu m'as manqué, tu sais.*

Joshua resta quelques secondes prostré, incapable de répondre à l'entité qui l'avait accompagné dans les heures glaciales de son accident. Il ne l'avait plus entendue depuis, et il avait même omis de la mentionner au docteur Humbert. Mais il aurait pu reconnaître son petit ton narquois entre mille, et une sensation de malaise l'envahit.

Dis donc, on a connu des accueils plus chaleureux, s'of-
fusqua Chaminou, visiblement capable de lire dans ses
pensées.

— Salut, répondit Joshua à voix haute, comme s'il
s'adressait à quelqu'un de réel.

*Alors qu'est-ce qui nous vaut ta visite ? J'veux dire, je
savais que tu reviendrais, c'était inévitable… mais pourquoi
exactement ?*

— Qu'est-ce que tu veux dire ?

*J'veux dire que si on se retrouve dans ce couloir, c'est que
tu y cherches quelque chose, non ? Sinon pour quelle raison
tu serais là, banane ? Personne ne fouille si profondément
par hasard !*

Joshua allait répondre mais il se rendit compte qu'il
était incapable de verbaliser quoi que ce soit de cohérent.

*C'est bien ce que je pensais ! T'es aux fraises, mon petit
Josh… Alors je te propose un truc, on marche et on voit
ce qui se passe.*

Il n'y avait rien d'autre à faire de toute façon. Le
couloir continuait indéfiniment, percé de portes en bois
sombre sur lesquelles se succédaient une série de numéros : 57, 59, 61… Où diable étaient les chambres paires ?
Après une vingtaine de mètres, le couloir bifurquait à
angle droit et il aperçut l'immense miroir qui occupait
toute la hauteur du mur et prolongeait la perspective.
Il portait le costume noir, les mocassins soignés et la
chemise blanche de son cauchemar. Sur sa poitrine, le
badge « Joshua Auberson, agent de sécurité », surplombé
des initiales « A-H » en lettres gothiques.

Finalement c'est ce que tu es devenu, dit Chaminou
sans plus de précisions.

— De quoi tu parles ?

Un policier. Tu arrêtes les voleurs comme dans les histoires qu'on aimait bien.

— On ?

Joshua sentait une chaleur obsédante l'envahir à chaque fois que Chaminou s'adressait directement à lui. D'un côté, il n'avait aucune envie d'échanger le moindre mot avec la petite voix, de l'autre il se demandait ce que pouvait savoir cette face cachée de son inconscient.

Oui, ON ! Tous les deux, on aimait les histoires de voleurs... et de crimes.

Joshua bifurqua dans un autre couloir et se retrouva face à une nouvelle série de chambres aux portes closes. Il avançait précautionneusement. Dans le monde réel, il n'aurait rien eu à craindre de ce lieu, mais là où il se trouvait, tout était possible.

Le sol pourrait s'ouvrir comme une mâchoire remplie de dents, dit Chaminou en prenant une voix grave.

Joshua sentit une peur primale monter en lui, une peur qui était jusqu'à présent restée très profondément enfouie. Une peur d'enfant. Son cœur se mit à battre la chamade et accéléra encore lorsqu'il aperçut un rai de lumière traverser le couloir. Un peu plus loin, l'une des portes était ouverte. Une chambre, mais laquelle ?

Tu sais laquelle. Y a-t-il seulement une autre chambre ?

73, c'était le numéro inscrit sur la porte la plus proche, et son esprit ne prit pas plus de quelques micro-secondes à faire le décompte jusqu'à la lumière blanche se diffusant depuis l'intérieur de la chambre 81. Ses jambes devinrent lourdes et ses pieds s'enfoncèrent un peu plus dans la laine épaisse de la moquette. Il aurait préféré les mâchoires et les dents à ces quelques mètres qui le séparaient de la pièce où tout avait commencé.

Tu ne vas pas reculer maintenant, dit Chaminou d'une voix pleine de détermination.

Une procédure d'urgence se déclencha dans les synapses de son cerveau. Il se trouvait dans un cauchemar, il lui suffisait de se concentrer pour en sortir. Joshua pouvait retrouver le sanctuaire rassurant de son lit et le corps chaud de Sybille qui devait être allongé auprès de lui. Un petit effort, et tout ça pouvait disparaître en un clignement d'œil... Mais quelque chose le poussait à aller de l'avant. Il y avait une vérité qui se cachait dans la trame brisée de sa mémoire et c'était à lui de la découvrir.

Je suis fier de toi, copain ! scanda son Jiminy Cricket mental.

Joshua serra les poings et avança un peu plus vers la lumière. Il atteignit bientôt la porte de la chambre 81 et la poussa doucement. De là où il se trouvait, il aperçut le petit couloir, le lit et l'armoire. Rien n'avait changé depuis sa première visite. On avait tiré les rideaux et la pièce était plongée dans l'obscurité. La lumière qui filtrait jusqu'au couloir venait de la salle de bains. Il régnait dans la chambre un silence de mort et une odeur désagréable. De la rouille ou quelque chose de ferreux et d'humide. Il s'approcha de la lumière et finit par rejoindre la salle de bains. Les murs verts, les deux grands éviers et la baignoire, tout était là. Et sur le carrelage blanc, une femme était accroupie, de dos. Elle portait une blouse et un petit calot vissé sur sa chevelure blonde. Elle était penchée vers l'avant, un torchon entre les mains, et épongeait une immense flaque écarlate sur le sol. Une flaque de sang. Joshua poussa un cri de stupeur et l'inquiétante femme de chambre stoppa son mouvement et commença à tourner la tête. Il sentit son cœur s'emballer et une douleur lui compressa la poitrine.

— Joshua ! hurla une voix quelque part dans son dos.

Il se retrouva projeté à toute vitesse hors de la salle de bains, incapable de voir le visage de cette femme de ménage macabre, et traversa la chambre puis le couloir de l'hôtel comme tiré en arrière par un élastique.

Quand il reprit ses esprits, Sybille le regardait avec inquiétude.

— Ça va ? T'as hurlé en dormant.

— Oui... c'est juste un cauchemar, essaya-t-il de la rassurer.

Juste un cauchemar ? C'était bien plus que ça, il le savait.

— Et qu'est-ce que j'ai dit ?

— Maman... T'as hurlé Maman...

Alors qu'ils tentaient de se rendormir, Joshua sentit des larmes couler le long de ses joues et il se tourna sur le côté pour terminer cette nuit qui semblait ne pas vouloir finir.

22

Le petit déjeuner s'était déroulé sans un mot et aucun des deux n'avait souhaité évoquer la partie de jambes en l'air improvisée la veille. Non pas qu'ils en avaient honte, mais la tension de cette soirée était retombée et leur donnait la sensation d'une méchante gueule de bois. Sybille s'était même éclipsée pendant qu'il prenait une douche pour arriver en avance au central et éviter toute suspicion de la part des collègues. Elle tournait maintenant les yeux vers la baie vitrée et le lac Léman alors que Joshua traversait l'open space pour rejoindre son bureau.

— Salut, dit-il d'un ton neutre, mais avec un petit sourire en coin.

— Salut, répondit-elle un brin pincée.

— Bien dormi ?

Elle lui jeta un regard noir qui lui fit passer l'envie de faire le malin au sujet de leur « secret ». Joshua reporta son attention sur le paysage extérieur : un épais cortège de nuages sombres avançait au-dessus des Alpes

– la fameuse tempête annoncée par les infos depuis une semaine. Elle stagnait autour des montagnes, mais finirait bien par traverser le lac pour venir se frotter à la Riviera. Son regard se déporta sur la gauche et il aperçut un post-it collé sur l'écran de son ordinateur.

TON RDV T'ATTEND EN SALLE DE CONF !

Son rendez-vous ? Quel rendez-vous ? Il n'attendait personne en particulier ce matin. Son agenda le confirmait. Et impossible de joindre Samantha, la stagiaire de l'accueil, pour avoir plus de détails. Il décida donc de se rendre le plus vite possible un étage plus bas.

La salle de conférences, commune aux différents services de la police cantonale, occupait un vaste bureau meublé d'une table ovale et d'un petit rétroprojecteur. On l'utilisait autant pour les briefings que pour les rares conférences de presse – la plupart se tenaient au siège de Lausanne. Joshua pénétra dans la pièce et aperçut la haute silhouette d'un homme d'âge mûr. Ses mains incroyablement longues et fripées dépassaient d'un costume en velours datant des années 80. Il ne réalisa son identité qu'en voyant ses yeux bleus perçants et sa mâchoire carrée.

— Ça fait une heure que je vous attends, dit l'homme d'une voix autoritaire.

— On avait rendez-vous… monsieur… ?

— Lieber, Sylvain Lieber… Vous ne vous souvenez pas ?

Il tendait une main vers lui exactement comme dans son cauchemar. Sylvain Lieber : le flic rencontré dans le salon de l'*Avalanche Hôtel* ! Celui censé enquêter sur la disparition de la petite Catherine Alexander. Il était là, hors des murs immatériels de son univers onirique, au beau milieu du poste de police de Vevey.

— Je... euh... on se connaît ? réussit-il à dire en cherchant ses mots.

— C'est vous qui m'avez appelé il y a trois semaines. Vous vouliez qu'on discute de l'affaire Alexander. C'est bien vous Joshua Auberson ?

— Oui... Mais j'ai été pris dans une avalanche, je... je perds un peu la mémoire en ce moment.

L'homme fronça les sourcils comme s'il avait du mal à le croire.

— J'étais à l'étranger ces derniers temps, finit-il par dire. C'est vous qui avez fixé ce rendez-vous avant mon départ.

— Désolé, je ne l'avais pas noté dans mon agenda, répondit Joshua pour donner le change. Asseyez-vous, monsieur Lieber. Je crois savoir que c'est vous qui avez traité cette affaire en...

— 1980, compléta Lieber d'un ton sec, oui... à l'époque on était nettement moins nombreux que vous ne l'êtes aujourd'hui. Et puis, il faut bien avouer que ce genre de chose arrivait rarement.

Le vieil homme baissa le regard comme si l'évocation de ces souvenirs était encore douloureuse.

— J'ai découvert une partie du dossier aux archives, mais il ne contient que peu d'éléments sur le déroulé de l'enquête, rebondit Joshua. Je sais qu'on n'a jamais retrouvé le corps de Catherine Alexander.

— Non, ce salaud n'a jamais voulu dire ce qu'il en avait fait !

Lieber avait relevé la tête et ses yeux bleus semblaient maintenant pleins de colère.

— J'ai travaillé presque un an sur cette enquête, je suis même allé au Danemark pour étudier l'entourage des parents… Ce sont devenus des amis à la fin.

— Alors qu'est-ce qui s'est passé exactement ?

— C'est un employé de l'hôtel qui l'a enlevée. On suppose qu'il y a eu viol, on a retrouvé les sous-vêtements de la petite dans ses affaires. Il a été arrêté, mais il n'a jamais voulu signer ses aveux. Même devant le juge, il est resté prostré…

— Vous vous souvenez de son nom ?

— Difficile de l'oublier. Clovis Claiborne. Un géant, ce type, avec un visage étrange et un air mauvais.

Joshua sentit une décharge d'adrénaline lui parcourir le corps. Clovis, le messager de son cauchemar qui continuait à le hanter depuis son réveil. Celui qu'il avait pris pour un ange gardien construit par son esprit pour l'aider à recomposer la tapisserie de sa mémoire. Clovis était un violeur et un assassin…

— Vous avez une idée des souffrances vécues par les parents de Catherine ? Ils ont attendu des années que Claiborne avoue ce qu'il avait fait de leur fille. Ils étaient incapables de commencer leur deuil. Et puis ce salopard leur a joué un dernier sale tour… Il s'est pendu dans sa cellule ! Garrotté à un radiateur avec son drap. Il a fui la culpabilité dans la mort et les a privés de tout espoir. Ils ont fini par faire une tombe symbolique à Catherine pour réussir à lui dire au revoir…

Le visage de Clovis s'imprima sur la rétine de Joshua. Ses traits grossiers, sa bouche étrangement étendue, sa poigne lorsqu'il l'entraînait sur le sentier vers la piste de bobsleigh. « Merci pour tout ce que tu fais pour nous », avait-il dit au moment de leur séparation. Qu'est-ce que cela pouvait signifier ?

— Alors, lieutenant Auberson, pourquoi vous m'avez fait venir ? On a retrouvé la petite ? reprit Lieber avec espoir.

— Malheureusement, non... On a découvert une autre femme, une inconnue, sans aucun papier sur elle hormis une photo de Catherine Alexander.

— Une photo... Qu'est-ce que ça veut dire ?

— Je n'en ai aucune idée, mais j'espérais sans doute comprendre en vous appelant. Maintenant que Claiborne est mort, j'imagine qu'il sera difficile d'en savoir plus...

Ils restèrent silencieux, tandis qu'au-dessus des Alpes une série d'éclairs silencieux commençaient à déchirer le ciel. Le vieux Lieber se dressa sur ses longues jambes et saisit le poignet de Joshua avec une force étonnante.

— Cette gamine mérite la lumière de la vérité, et vous êtes peut-être celui qui pourra la lui porter, dit-il dit en plongeant ses yeux translucides dans les siens. C'est une lourde responsabilité, monsieur Auberson...

Joshua sentit un frisson lui parcourir le corps. Pourquoi lui, Joshua Auberson, simple lieutenant de police, devenait-il le dépositaire de tant de mystères ?

23

La route serpentait dans une épaisse forêt de sapins dont les cimes effilées tranchaient le ciel comme des poignards. Il y avait tout juste la place de croiser un autre véhicule tant les bas-côtés étaient enneigés et cela rendait la conduite difficile, même par temps clair. Il avait dépassé Montreux pour grimper dans la montagne par la route des Narcisses avant de s'engager dans un chemin de terre. Le lieu-dit Nancroix n'apparaissait sur aucune carte. C'était sans doute un antique hameau d'alpage regroupant quelques fermes désormais abandonnées. Joshua s'était interrogé sur le choix de cet emplacement jusqu'au moment où il avait atteint la petite église en ruine et l'ancien cimetière. Il y avait quelque chose de magique dans ce décor. Une haute tour en pierre grise dont le clocher résistait aux assauts du gel, un portique menant à une série de tombes dont les stèles et les croix se dressaient dans une étendue immaculée de neige. Au-dessus, la forêt grignotait la pente jusqu'à disparaître dans le brouillard, en dessous le cimetière de Nancroix dominait toute la vallée avec une vue imprenable sur le lac planté dans le paysage, tache sombre sur une toile blanche. Les parents de Catherine Alexander avaient choisi cet endroit isolé pour enterrer « symboliquement » leur fille et leurs espoirs. C'était un lieu de recueillement, un lieu oublié de tous dont la splendeur se cachait aux yeux du monde. Joshua avait enfilé ses chaussures de montagne et luttait contre la neige pour rejoindre l'entrée du cimetière. À cette hauteur, il était tombé pas loin d'un mètre dans les dernières semaines et personne ne venait entretenir la chapelle durant l'hiver. Pourquoi avait-il ressenti le besoin irrépressible de se rendre ici ? Sans doute car il se sentait désormais investi d'une mission : retrouver la trace de Catherine Alexander. Le corps de la jeune femme n'était pas là, mais c'était le seul lien concret qui lui restait avec elle. Où pouvait être sa tombe exactement ? Lieber avait parlé d'une stèle en marbre noir avec une photo encadrée par deux hirondelles. De l'endroit où il se trouvait, impossible de la distinguer parmi les innombrables sentinelles de pierre. Il s'engagea sur ce qui devait être un chemin, s'enfonçant dans la neige jusqu'aux tibias. Le cimetière était construit dans le dénivelé et les allées montaient en travées bordées de croix, de stèles ou de petites chapelles abritant les caveaux les plus luxueux. *Famille Gonthar, Richemont, Beaulieu…* les noms se succédaient, gravés dans le marbre pour l'éternité. Un croassement aigu déchira le ciel et Joshua aperçut une nuée de corbeaux passer au-dessus de lui pour venir se poser sur le toit de l'ancien clocher. C'est alors qu'il remarqua un sillon étrange dans une allée en contrebas. Quelqu'un avait arpenté ce lieu perdu peu de temps avant lui, les flocons fraîchement tombés n'avaient pas encore recouvert ses traces. Poussé par son instinct, il rejoignit la piste et suivit les pas lourds descendant en direction de la vallée.

Une dizaine de mètres plus loin, les marques s'arrêtaient devant un petit talus de neige dont émergeait une stèle. Le marbre noir renvoyait une lumière sombre et les deux hirondelles pointaient vers un espace ovale cerclé de cuivre, mais désespérément vide. Quelqu'un avait volé la photo de Catherine Alexander ! Les pas d'un inconnu l'avaient mené jusqu'à l'endroit où il espérait trouver des réponses et cela n'avait fait que soulever d'autres questions ! Qui était venu sur cette tombe oubliée de tous ? Et pourquoi prendre cette photo ? Il se pencha en avant et frotta la neige avec ses gants pour découvrir le sillon des lettres gravées dans le marbre. Au bout de quelques minutes, ses doigts butèrent sur une petite bougie abandonnée là. Qui que ce soit, il s'était également recueilli. Il y eut un bruit de fer rouillé et Joshua se redressa d'un coup, fixant son regard vers le portail du cimetière. La horde de corbeaux s'était envolée comme si quelque chose les avait effrayés. Joshua scruta les alentours et sentit une boule douloureuse se former entre ses omoplates. Une seconde, il eut l'impression de voir une silhouette noire accroupie dans l'obscurité entre les colonnes en pierre d'un antique mausolée, mais elle disparut aussitôt. Il porta instinctivement la main à sa ceinture pour trouver son holster vide – *putain je l'ai laissé dans la voiture !* En même temps, pourquoi prendre son arme pour visiter un cimetière ? Et puis il ne s'en était quasiment jamais servi depuis son entrée dans la police cantonale, en tout cas en dehors du stand de tir où il faisait parfois le carton avec Sybille. Au loin, les nuages noirs avaient quitté la crête des Alpes et traversaient le lac. La tempête approchait, il valait mieux rentrer et de toute façon, ses recherches ici ne le menaient à rien. *Tu flippes ou quoi ?* Oui, Joshua flippait sec, il avait mal aux épaules, son cœur battait la chamade et pour couronner le tout, la neige commençait à pénétrer dans ses bottes et le froid lui gelait déjà la pointe des pieds. Il mit à peine quelques minutes à rejoindre le portail du cimetière et se dirigea vers sa voiture avec le sentiment d'échapper à un danger imminent. *T'as aussi peur qu'un gamin dans le noir !* Il fouilla dans ses poches pour retrouver sa clé et finit par enlever ses gants pour accélérer le mouvement. *Dans une heure je serai au bureau, et je rigolerai de tout ça*, se dit-il pour se remonter le moral. C'est alors qu'un coup violent s'abattit sur le haut de son dos, comme si on l'avait projeté à toute vitesse contre un mur. Il tomba la tête la première et son arcade percuta de plein fouet la tôle de la portière. Des étoiles se mirent à danser sur sa rétine, mais il réussit à apercevoir la silhouette d'un homme penché au-dessus de lui. Son agresseur était immense, il portait une parka noire et une cagoule en laine lui masquait le visage. L'homme le fixait, immobile, mais Joshua était incapable de voir ses yeux plongés dans l'obscurité de sa capuche. Il leva le bras et écrasa son poing sur le nez de Joshua. Il y eut un très léger craquement et il sentit une violente douleur alors que son cartilage se brisait. Il porta les mains à sa tête pour se protéger et une nouvelle volée de coups vint lui meurtrir les avant-bras.

— Pourquoi ??? hurla-t-il, incapable de faire quoi que ce soit pour se défendre.

— Laisse-la…, répondit une voix grave à travers le tissu de la cagoule. Laisse-la ou je te tue…

Joshua se recroquevilla sur lui-même, anticipant les prochaines frappes, mais rien n'arriva. Il était seul allongé dans la neige et son mystérieux agresseur avait disparu. Il resta là longtemps, jusqu'à ce que la morsure du froid devienne insupportable et qu'il trouve le courage de se relever.

24

— Putain, mais t'as pas vu sa tronche, bordel ?! beugla Sybille pendant que le docteur Humbert inspectait l'hématome autour de son nez.

— Non, il avait une cagoule…

— Mais qu'est-ce que tu foutais là-haut ?

— Je bossais sur le dossier Alexander.

— À Nancroix ? C'est le trou du cul du monde !

Sybille ne décolérait pas depuis son arrivée à l'hôpital. Elle l'avait évité toute la matinée pour ne pas avoir à évoquer leur aventure de la veille et maintenant, elle culpabilisait de ne pas être allée avec lui dans la montagne.

— Tu dis que le mec t'a menacé ?

— Oui, il savait très bien pour quelle raison j'étais sur place.

— Il aurait pu te tuer.

— Je ne crois pas… Il cherchait à m'intimider. En tout cas ça prouve que cette histoire n'est pas terminée…

— Quelle histoire ? interrogea Sybille alors qu'Humbert consultait une radio.

— Catherine Alexander et l'inconnue de Naye...
Elles sont liées, j'en suis sûr. Je veux dire, bien plus que
par la photo.

— Désolé de vous interrompre, dit Humbert en posant
les clichés sur son bureau. Alors, monsieur Auberson,
vous avez décidé de venir me voir tous les jours ? Je vous
manque, peut-être ?

Joshua fit un sourire qui lui provoqua une violente
douleur dans les joues.

— Encore une fois vous avez de la chance... un léger
enfoncement de la cloison nasale, mais aucune lésion
osseuse ou fracture isolée. Je vais vous prescrire des antal-
giques et ça va se remettre tout seul.

— Et on va retrouver ce salopard, c'est moi qui te le
dis ! enchaîna Sybille en serrant les dents.

Quelques heures s'étaient écoulées depuis son agression
et durant les examens, Joshua n'avait cessé de penser
à l'ultimatum adressé par l'homme : « Laisse-la ou je te
tue... » Quelqu'un ne voulait pas qu'il fouille le passé de
Catherine Alexander. Quelqu'un de suffisamment impli-
qué pour se rendre à Nancroix et l'attaquer physique-
ment. Était-ce la même personne dont il avait découvert
les traces jusqu'à la tombe en marbre noir ? S'était-elle
recueillie avant de voler le portrait de la petite Alexander ?

— Nous allons faire un pacte tous les deux : je ne
veux plus vous revoir avant vos examens de contrôle dans
trois semaines. D'accord ? interrogea Humbert.

— J'ai quelques questions à vous poser, docteur.
Concernant ma mémoire...

— Je vous écoute.

— Est-ce que le fait de visiter certains lieux peut m'aider à recomposer mes souvenirs ?

118

— Vous pensez au lieu de votre accident ?

— Non, je veux parler de souvenirs plus anciens.

— Eh bien certainement, oui. Il y a d'excellentes études sur ce sujet… Savez-vous que notre cerveau abrite des neurones capables de cartographier les endroits que nous traversons ?

Sybille observait Humbert en fronçant les sourcils. Une partie de sa colère semblait s'évaporer devant la gueule d'ange du neurologue.

— On les appelle cellules de grille, et elles agissent comme une sorte de GPS mental. Pour simplifier, on va dire qu'à chaque fois que vous vous déplacez dans l'espace, votre cerveau construit une représentation abstraite des lieux, avec différents niveaux de précision. C'est ce qui nous permet, par exemple, de bouger dans le noir lorsque nous sommes dans un espace connu. Alors, forcément, plus les lieux sont habituels, plus la représentation est précise.

— C'est ce qui explique l'impression de familiarité qu'on peut ressentir dans certains endroits ?

— Tout à fait. Mais pas seulement, car il faut imaginer vos cellules cérébrales comme des maillons en perpétuelle interconnexion. Lorsqu'une cellule de grille s'active, elle peut enclencher une terminaison reliée à un son, à une image, à un souvenir et même à une émotion. C'est de cette manière que se compose la tapisserie de votre mémoire. Un élément isolé, comme un lieu, peut entraîner toute une chaîne mémorielle et cela peut également se faire au-delà de vos propres souvenirs.

— Comment ça ?

— Avez-vous déjà entendu parler de la généalogie cellulaire ? C'est l'un de nos nombreux chantiers d'étude.

119

De quelle manière les souvenirs se transmettent à travers nos cellules… celles que nous héritons de nos parents, celles que nous remplaçons. Cela touche à la notion même d'identité.

— Vous voulez dire que nous pouvons reconstituer des souvenirs appartenant à nos parents ?

— Pas aussi directement, non. Mais rien ne s'oppose à ce que certaines cellules nous relient à leur bagage mémoriel et puissent se transmettre. C'est la fameuse métaphore du navire de Thésée, le héros grec qui, selon la légende, serait parti combattre le Minotaure dans le labyrinthe crétois. À son retour, son bateau a été conservé et réparé un grand nombre de fois jusqu'à traverser les âges pendant plus de mille ans. Mais à force de réparations, il ne restait plus une seule planche du navire original. S'agissait-il du même bateau ou d'un bateau différent ?

Il y eut un long silence. Sybille semblait totalement absorbée par les talents de conteur du docteur Humbert alors que Joshua tentait de faire coïncider ses explications à ses propres interrogations.

— Cette métaphore nous questionne sur notre cerveau, nous savons qu'il se régénère en remplaçant ses cellules, nous savons qu'il utilise une partie d'un bagage nous reliant à la longue lignée de nos ancêtres… mais nous au milieu de tout ça, qui sommes-nous réellement ? Et quels souvenirs nous appartiennent vraiment ?

Joshua continuait d'apercevoir la silhouette de l'homme penché au-dessus de lui, tendant son poing pour le menacer. Il n'était pas monté visiter la tombe de Catherine Alexander par hasard, pas plus qu'il n'avait arpenté les couloirs cauchemardesques de l'*Avalanche*

Hôtel ou trinqué avec le fantôme de Clovis. Tout cela était lié quelque part dans son cortex et son esprit avait désespérément besoin de comprendre ce lien pour préserver sa santé mentale. « Laisse-la ou je te tue... » Même pas en rêve, connard ! Joshua savait déjà où il devait se rendre et il était plus que jamais décidé à résoudre ce mystère.

25

Le *Bellevue Grand Palace* dressait sa silhouette sombre sur une crête surplombant la ville de Montreux. Le bâtiment traçait un carré gigantesque de dix étages percés de tours rondes ressemblant à des clochers moyen-âgeux tout droit sortis d'un conte de fées ayant viré au cauchemar. Pour y accéder, on devait emprunter un train à crémaillère et demander au conducteur de marquer l'arrêt à la station Bellevue, naguère exclusivement réservés aux clients de l'hôtel, mais désormais totalement à l'abandon. Depuis ce quai fantôme, ils avaient remonté une rue en cul-de-sac jusqu'à atteindre l'ancien hall, dont portes et fenêtres étaient condamnées par des planches, pour bifurquer sur une allée couverte de neige. Il n'y avait a priori plus âme qui vive dans le bâtiment ou dans la petite galerie autrefois commerçante dont les boutiques de luxe permettaient à une clientèle aisée de rester en autarcie le temps de son séjour. L'entrée principale du palace était entièrement murée, mais il y avait moyen, en escaladant un parapet en briques, de rejoindre les jardins pour accéder aux terrasses.

— Ça te rappelle quelque chose ? demanda Sybille en avançant prudemment dans la neige recouvrant les anciennes allées.

— Rien du tout.

Qu'espérait-il exactement en venant visiter ce palace abandonné ? Quel souvenir enfoui pouvait émerger d'un lieu avec lequel il n'avait aucun lien hormis l'étrange cauchemar glacé de son accident ?

Après une centaine de mètres, ils avaient rejoint une immense étendue de neige où se dressaient deux escaliers montant vers la partie supérieure du palace. À peine avait-il posé le pied sur l'esplanade dont la poudreuse ne laissait dépasser qu'une série de troncs et les dossiers de quelques bancs, que Joshua se retrouva projeté dans son escapade nocturne en compagnie de Clovis. C'était au bout de cette longue terrasse qu'il avait fait la rencontre de son spectre pour la première fois. Il lui avait proposé une cigarette avant de l'entraîner frénétiquement vers la piste de bobsleigh. Joshua se dirigea donc naturellement vers le milieu de la travée et découvrit la porte par laquelle il avait émergé des entrailles du palace. Elle était barrée par une chaîne et un cadenas, mais le tout était si rouillé qu'un simple coup de pied suffit à l'ouvrir. Sybille l'observa avec étonnement.

— T'es sûr de toi là ?

— Ça nous évitera trois tonnes de paperasses. Y a personne de toute façon.

— Mouais…

Et ils entrèrent dans les sous-sols de l'hôtel sans plus de questionnements. Il y régnait un silence de mort, et

124

le froid avait tellement pénétré les murs qu'ils eurent l'impression d'arriver dans un frigo.

— Putain c'est lugubre, siffla Sybille entre ses dents en grelottant.

— Par ici, dit Joshua d'un air convaincu.

Il emprunta un couloir puis traversa les cuisines avant de rejoindre l'escalier de service menant au rez-de-chaussée. Joshua avait la sensation de naviguer entre rêve et réalité. Il reconnaissait parfaitement la topographie des lieux et pourtant aucun souvenir ne remontait à la surface.

Le grand hall s'était transformé en un immense damier fissuré par le temps, où quelques anciens fauteuils de velours rouge terminaient leurs existences, rongés par les mites. Le bar où officiait Clovis était plongé dans l'obscurité et on avait démonté le plateau en zinc, laissant émerger une structure en bois couverte de clous acérés. Plus aucun lustre ne pendait au plafond et il ne restait qu'une angoissante toile de fils électriques formant un réseau chaotique et grouillant. Joshua sentit une profonde amertume le traverser. Le souvenir de cette pièce, chaleureuse et bruyante dans son cauchemar, s'estompait pour laisser place à une ambiance de mausolée digne d'un film d'épouvante. Il ne mit pas longtemps à les guider jusqu'aux immenses portes chromées des ascenseurs et ils prirent les escaliers de service pour grimper les étages.

— On va où là ? questionna Sybille alors qu'ils atteignaient le troisième palier.

— Je veux vérifier quelque chose, répondit-il sans plus d'explications.

Une épuisante série de marches plus tard, ils arrivèrent au huitième étage et débouchèrent dans un long couloir percé de portes. Le papier peint s'était déchiré par endroits, mais Joshua ne fut pas surpris de retrouver la teinte verte marécageuse de ses cauchemars, pas plus que la moquette écarlate souillée par la moisissure. Une odeur âcre s'échappait des chambres dont la plupart étaient fermées. Certaines laissaient néanmoins deviner des pièces plongées dans l'obscurité, aux fenêtres obstruées par d'épais rideaux, où planait une humidité malsaine. Joshua frissonna quand ils arrivèrent à leur destination finale. La porte de la chambre 81 se dressait devant lui et il hésita quelques secondes à poser sa main sur la poignée. Le mécanisme ne résista pas et un grincement de gonds rouillés leur écorcha les oreilles quand le battant en bois coulissa pour dévoiler une pièce entièrement noire. Il allait mettre un pied sur la moquette lorsqu'une violente lumière en provenance du couloir les força à se protéger les yeux.

— Qu'est-ce que vous foutez là !? hurla une voix grave et autoritaire.

Joshua inclina la tête et aperçut la silhouette d'un homme tenant un fusil de chasse.

— Police cantonale, lança Sybille en direction de l'homme. Et vous ? Qu'est-ce que vous foutez là ?

Le faisceau lumineux se détourna et ils aperçurent la tignasse sombre, le front dégarni et le visage ridé d'un gars d'une cinquantaine d'années en jean et chemise canadienne.

— Moi ? Je suis le gardien ! dit-il en baissant le canon de son fusil.

26

Robert, le gardien du *Bellevue*, les avait escortés jusqu'à son antre, une salle de réunion située dans l'aile administrative du palace et profitant encore du réseau électrique. La pièce, comme bon nombre de celles de ce secteur, était bondée de meubles entassés et recouverts de draps – une initiative de Robert, au cas où des vandales s'en seraient pris à ses « enfants ». Car Robert était là depuis longtemps. Vingt-cinq ans exactement qu'il avait débuté à ce poste solitaire, mais sa mère travaillait déjà au *Bellevue Grand Palace* comme femme de ménage et il avait vu le jour dans l'une des chambres, la 119, grâce à l'intervention d'un client obstétricien !

— J'ai toujours habité ici, leur dit-il avec un sourire qui leur fit froid dans le dos.

Robert était grand. Il avait un visage doux et plutôt harmonieux, mais son front immense et dégarni et ses mèches folles lui donnaient un air inquiétant. Il avait pour mission principale de veiller à ce que les curieux, les nostalgiques et les explorateurs urbains ne pénètrent pas dans l'édifice – ce qui était de plus en plus rare d'après ses statistiques. Habituellement, il quittait son poste en hiver, car le palace devenait trop difficile d'accès, mais il était revenu pour jeter un œil – au cas où.

Joshua fixa un coin de la pièce où se trouvaient une série d'étagères sur lesquelles dormaient des souvenirs de la splendeur oubliée du *Bellevue Grand Palace* : une casquette et un uniforme de groom, un lot de clefs, une antique malle à pique-nique aux ustensiles précautionneusement attachés par des sangles en cuir et surtout, une multitude de photos empilées comme autant de vestiges des lieux.

— Il s'en est passé des choses dans ces murs, dit Robert avec son sourire dérangeant. Vous imaginez ce que ça a pu être de construire cette beauté ? On a posé la première pierre en 1890. À l'époque, on acheminait tout à dos de mulet, le funiculaire s'est mis en place bien plus tard.

— On dirait que vous y étiez, lança Sybille avec son ton un brin agacé. Robert ne cadrait visiblement pas avec le type de mec qu'elle affectionnait.

— Non, dit-il, mais je connais le moindre détail de l'histoire de ce lieu. J'y suis né, j'y ai grandi, travaillé et maintenant j'y vieillis… Lui et moi on est inséparables.

— Comment se fait-il qu'un hôtel pareil soit totalement abandonné ?

— Trop coûteux de le détruire ou de le restaurer, alors on le laisse lentement et paisiblement s'éteindre de sa belle mort. Et c'est à moi de veiller à ce que ça ne se produise pas trop vite. On a mis douze années à le construire, il a été inauguré en 1902 pour la somme de deux millions cinq cent cinquante mille francs, ce qui était énorme à l'époque.

Joshua écoutait la voix enthousiaste du gardien – visiblement il avait rarement l'occasion de parler –, tout en continuant son exploration des étagères à souvenirs.

— Cet endroit était l'un des plus grands palaces du monde ! Des hommes d'État, des princes, des maharajahs, des artistes incroyables ont passé du temps entre ces murs, et ils avaient presque tous leurs suites ! Et puis la guerre est arrivée... d'abord celle de 14. Les clients se sont faits rares et l'hôtel a été plusieurs fois bombardé, mais on l'a reconstruit... Et puis celle de 39... Saviez-vous que le *Bellevue* a permis d'abriter un millier de familles juives destinées au camp de Bergen-Belsen ? Ils se sont réfugiés ici pour échapper à la mort, et le palace les a sauvés !

— J'en avais foutrement aucune idée, répondit Sybille visiblement impressionnée.

— Et puis la paix est revenue et la clientèle du palace avec elle. Mais c'était plus la même chose... les temps avaient changé. Les propriétaires n'ont jamais réussi à remonter la pente au niveau financier... jusqu'à la fermeture définitive en 1992.

— Et vous êtes là depuis ?

— Oui... fidèle au poste, mam'zelle ! Robert Müller, le gardien. *For ever and ever.*

Sur l'une des étagères, Joshua aperçut une photo sur laquelle un groupe de personnes âgées entouraient un arbre, visiblement un cerisier à l'écorce noire.

— Qu'est-ce que c'est ? demanda-t-il en prenant le cadre.

— 1967... le cerisier de l'espoir. C'est une œuvre d'art, un arbre pétrifié offert par les familles des survivants abrités au palace. Il était exposé dans un des grands salons.

Joshua sentit une sueur glacée lui traverser le dos et un souvenir émergea dans ses synapses : une branche noire, au contact froid, possédant une fleur unique... et un chiffre... 67.

— Il y avait une branche... avec une fleur, dit-il hésitant.

— Ah oui ! La fleur de cerisier, elle rappelle à quel point la vie est courte et belle... Oui, il y avait bien une fleur.

— Où est passé cet arbre ?

— Les propriétaires l'ont récupéré après la fermeture. Mais la fleur avait déjà disparu.

— Disparu ?

— Oui, quelqu'un a cassé la branche au bout de laquelle elle se trouvait. Le vol a eu lieu dans les années 80, je crois... On ne l'a jamais retrouvée. C'est lamentable, non ?

— Lamentable, oui.

Mais c'était surtout incompréhensible que Joshua ait vu cette branche sur la moquette du couloir de l'hôtel. *Touche pas à ça, malheureux !* s'était insurgé Chaminou lorsqu'il l'avait ramassée juste en face de la chambre 67.

— Et il y a eu une piste de bobsleigh dans les environs ? questionna Joshua sous le regard intrigué de Sybille.

— Bien sûr ! La piste du Pain de Sucre ! Avec l'affluence du tourisme dans la région, elle devait servir pour les jeux Olympiques et la guerre en a décidé autrement...

mais elle est encore là, un peu au-dessus de Caux. Enfin j'imagine qu'il n'en reste pas grand-chose.

— Et l'affaire Catherine Alexander, ça vous dit quelque chose ? intervint Sybille.

Robert baissa les yeux comme si ce nom le plongeait dans un souvenir qu'il ne désirait pas aborder.

— Ma mère connaissait bien les Alexander. Ils étaient clients depuis des années... on a tous eu beaucoup de peine lorsque leur fille a disparu... et puis apprendre que c'était un employé de l'hôtel qui avait fait le coup. Rien n'a plus été pareil après. On était une grande famille, vous comprenez ?

Sybille ne répondit rien et se tourna vers Joshua.

— On a terminé ?

— Pas totalement, dit-il en fixant la photo du cerisier. Qu'est-ce qui s'est passé dans la chambre 81 ?

Robert le regardait avec un air étrange dont il était incapable de définir la nature exacte. Il y eut un long silence avant qu'il ne se décide à lui répondre.

— Rien, il ne s'est jamais rien passé dans la chambre 81...

27

Depuis sa rencontre avec le gardien, Joshua se sentait en décalage avec lui-même. D'un côté, il était persuadé que tous les éléments de son rêve n'étaient que les pièces éparses d'une enquête qu'il avait réalisée avant son accident et dont la vérité lui échappait. D'un autre, il devinait qu'un lien très fort le reliait à cette affaire malgré les trente années le séparant des faits, un lien défiant toute logique. Sur le chemin du retour, Sybille l'avait observé comme un animal de foire – « Le coup du cerisier ? C'est quoi ce délire ? ». Il avait beau essayer de la convaincre que c'était un élément de son cauchemar, elle ne voyait pas comment il aurait pu connaître un détail aussi insignifiant de l'histoire du palace et visiblement sans rapport avec la disparition de Catherine Alexander. Mais elle était obligée d'admettre que leur petite escapade dans les ruines du *Bellevue* avait porté ses fruits. D'abord, elle trouvait ce Robert Müller vraiment louche. Qu'est-ce qu'il faisait sur place en plein hiver alors que personne de sensé n'aurait l'idée de monter

« se cailler les couilles » dans la montagne ? Sans doute rien en rapport avec leur enquête, mais elle le soupçonnait de s'adonner à un quelconque trafic. Ensuite, le lieu lui-même lui avait foutu les jetons. Non pas qu'elle crût aux fantômes « et à toutes ces conneries », mais elle ne pouvait pas nier l'étrange impression qui l'avait accompagnée pendant leur escapade. Ce lieu respirait le mystère et elle était désormais persuadée, comme Joshua, que l'affaire Alexander n'avait pas livré tous ses secrets. Aussi n'avait-elle pas opposé trop de résistance lorsque Joshua lui avait proposé de passer dans les Hauts de Caux – deux stations de train plus loin –, pour rendre visite à André Létai et à son vieux saint-bernard. Il était tombé plus d'un mètre de neige depuis la dernière fois, mais un bon samaritain avait déblayé un étroit chemin dans l'allée menant au chalet du guide. À une vingtaine de mètres du portail, ils avaient entendu les aboiements d'Anchise et aperçu la silhouette d'André pelletant un tas de poudreuse derrière son muret. Il avait mis un certain temps à reconnaître Joshua dans son accoutrement de montagne avant de lui faire signe de le rejoindre. Après de courtes et embarrassantes présentations – il avait pris Sybille pour « un collègue » –, André les avait fait entrer pour boire un café bien chaud face à la cheminée. Pendant que Sybille caressait affectueusement le museau d'Anchise vautré au pied du canapé, le guide versait une bonne dose de prune maison dans chaque tasse – pour se donner du courage.

— Alors qu'est-ce que vous fichez là ? demanda-t-il en engloutissant la totalité de son café amélioré.

— On vient de visiter le *Bellevue Grand Palace*, on était dans le coin, répondit Joshua.

— Cette croûte en ruine ? Incroyable qu'il tienne encore debout depuis le temps.

— Oui, et c'est plutôt impressionnant à l'intérieur.

— Vous avez rencontré ce vieux Robert ?

— Vous le connaissez ?

— Tout le monde le connaît. Il est un peu fêlé... À force de rester tout seul là-bas, il entend des voix.

Sybille leva la tête et lança un petit sourire entendu à Joshua.

— Enfin, ce n'est pas un mauvais gars... Il abuse de l'alcool, mais qui lui en voudrait ? dit-il en se resservant en prune. Et donc, qu'est-ce que je peux faire pour vous ?

— J'avais une question à vous poser... L'ancienne piste de bobsleigh du Pain de Sucre, ça vous dit quelque chose ?

— Oui... C'est celle qui était en dessous de Naye.

— Elle existe encore ?

— Pas vraiment. Les structures sont à l'abandon depuis longtemps. Mais il reste quelques ruines. Plutôt dangereuses d'ailleurs.

— Elles se situent où par rapport au lieu de mon avalanche ?

Une lueur éclaira les yeux de Sybille : elle venait de comprendre le pourquoi de ce petit détour chez André Létai.

— Un peu au-dessus, pas loin du réseau de grottes dont je t'ai déjà parlé.

— On peut les visiter, ces ruines ?

— Avec cette neige ? Aucune chance ! Elles doivent être prises dans la poudreuse, et puis c'est dangereux ce coin, t'en sais quelque chose...

— Et les grottes ?

— Ça, c'est faisable, mais faut connaître, et aimer la marche en raquettes parce que y a une sacrée trotte.

— Vous pourriez nous y emmener.

— Euh… t'es sûr de toi ? demanda Sybille avec une pointe d'inquiétude dans la voix.

— Oui, je suis certain que ça pourrait nous aider, répondit-il sans plus de précisions.

— D'accord, dit André. Mais pas aujourd'hui, il est trop tard pour monter. On se retrouve demain midi si vous voulez, la météo est pas trop pourrie et vaudrait mieux y aller avant que cette foutue tempête n'arrive.

— Je pensais qu'elle était déjà là, dit Sybille en tentant de se dégager d'Anchise dont l'énorme gueule baveuse était vautrée sur ses genoux.

— Non… ça, c'est que le début, le meilleur reste à venir…

Oui, le meilleur reste à venir, se dit Joshua en engloutissant le fond de sa tasse.

28

Une nuit sans cauchemars plus tard, Joshua s'était réveillé revigoré. Après leur errance dans les couloirs lugubres du *Bellevue* et en attendant la petite marche en montagne qu'il s'était programmée dans l'après-midi, il avait décidé de prendre sa matinée pour rendre visite à ses parents. Leur maison était en bordure du lac de Bret, sur une route forestière rarement empruntée par les touristes. Joshua avait grandi là, en pleine nature, au bord de l'eau, et il avait fait ses études en ville dans un établissement du centre de Lavaux, la bourgade la plus proche. Il se rappelait le trajet à travers le bois, quelques kilomètres en pente raide qu'il accomplissait quotidiennement sur son vélo. Ces années avaient été globalement heureuses même si, adolescent, il avait connu sa fameuse « période macabre ». Fameuse, car elle l'avait entraîné dans un cortège de conneries dont toute sa famille parlait encore, et macabre, car il avait fini à l'hôpital à cause d'une tentative de suicide – ce qui lui faisait un point commun inavoué avec Sybille. Pourquoi l'enfant joyeux élevé au bon air de la Riviera suisse s'était-il transformé en ado suicidaire ? Personne ne l'avait compris, pas même lui. De cette période, il gardait un intense sentiment de « vide » et l'impression d'être allé visiter des zones de sa psyché dont les portes, bien que closes, suintaient un mal-être insupportable. Malgré plusieurs années de psychanalyse, personne n'avait jamais réussi à lui faire ouvrir les vannes de son désespoir, alors on s'était assuré qu'il les visse bien à fond, et pour le restant de ses jours. Mais cette étape de sa vie était bel et bien révolue, aujourd'hui Joshua se sentait un homme accompli même s'il détestait le golf – passion de son père – et pratiquait les jeux vidéo – considérés comme une invention quasi satanique par sa mère. M. et Mme Auberson formaient un couple d'aimables retraités, tous deux ex-cadres dans l'industrie du chocolat – d'où sans doute sa gourmandise –, et fortement occupés par leurs nouvelles activités : jardinage, loisirs, voyages. Pour Joshua, ils étaient un cas d'école, le couple parental idéal, amoureux éternels ayant traversé ensemble toutes les épreuves de la vie en élevant leurs nombreux enfants. Il ne manquait jamais une occasion de leur rendre visite.

Sa mère approchait les soixante-dix ans et ses longs cheveux blancs étaient attachés en chignon au-dessus de sa tête. Elle portait une robe à fleurs – unique type de vêtement que semblait contenir sa penderie –, et quittait rarement le tablier qui lui servait tantôt à jardiner, tantôt à s'adonner à l'une de ses grandes passions : la cuisine.

— Comment va mon petit amour ? dit-elle en le serrant dans ses bras.

— Ça va, maman.

Après son accident, elle lui avait rendu visite quasiment tous les jours, apportant de copieux paniers-repas qu'il avait partagés avec les infirmières. Depuis, il ne se passait pas une semaine sans qu'elle lui laisse un message sur son répondeur.

— Alors ça évolue bien, ta mémoire, mon chéri ?

— Oui. Je n'ai presque plus de trous... je me souviens de tout.

— Ah, parce que justement, je t'ai préparé un petit carton avec des affaires. Tu sais, le professeur euh... le beau gars, là...

— Le docteur Humbert.

— Voilà, il m'a dit que ça pourrait t'aider.

— Tu sais, maman, je n'ai pas oublié mes souvenirs d'enfance.

— Oui, mais on ne sait jamais. Et puis ça m'a fait du bien de trier tout ça.

Elle le fit entrer dans la maison, en prenant bien garde à ce qu'il enlève ses chaussures et se lave les mains, puis ils montèrent à l'étage jusqu'à son ancienne chambre d'enfant – dont il savait qu'elle avait servi pour bien d'autres après lui. La pièce était restée à peu près la même pour ce qui était du mobilier, mais les posters dont il avait tapissé les murs, ainsi que la collection de jeux de rôles soigneusement rangée dans la bibliothèque avaient disparu. Un jour, elle lui avait remis une boîte dans laquelle se trouvait toute une série de dés quatre, six, huit, dix, vingt faces – les outils indispensables du petit rôliste –, ainsi que quelques figurines en plomb – les premières qu'il avait tenté de peindre sans grand succès. Il se rappelait son groupe de copains, les enfants des voisins, avec lesquels il passait des nuits entières à arpenter des donjons, des forêts empreintes d'une quelconque malédiction et des manoirs hantés. Sa mère avait déposé un carton sur le lit. Elle fouilla à l'intérieur pour en extraire un livre de photos.

— Tu regarderas ça tranquillement, ce sont des souvenirs de ton arrivée chez nous.

Les yeux de Joshua se fixèrent sur la couverture d'un album de bandes dessinées et une lumière rouge pulsa dans le fond de son crâne. On y apercevait un chat roux avec une redingote et un chapeau haut de forme derrière lequel se cachait un grand loup s'appuyant sur une canne. On pouvait y lire en gros caractères : *CHAMINOU, t. I, La Peur du loup.*

— Cette BD ? Elle était à moi ? Je la lisais ? demanda-t-il brusquement.

— Oh non, tu étais trop petit, pas plus d'un an… je crois que c'est papa qui te faisait la lecture. Je l'ai retrouvée à la cave.

Chaminou… Le gentil chat roux, le premier compagnon de ses rêves d'enfant, s'était incarné pour le guider dans son cauchemar. *Tu vois que tu ne t'appelles pas Joseph ! J'avais raison, tête de nœud !* criait encore la voix nasillarde dans le décor lugubre de la salle de bains. Il sentit une angoisse abyssale monter en lui. Une fois de plus la réalité se mélangeait à son rêve et lui donnait l'impression que sa vie était jalonnée de symboles étranges dont il ne découvrait la signification qu'après coup. Il s'imaginait comme un explorateur visitant la pyramide d'un pharaon oublié dont il essayait de décrypter les hiéroglyphes pour éviter les pièges. Quelque part dans les ténèbres se cachaient le mausolée et la réponse à toutes ses questions. Mais cette quête le ramenait encore et encore à une seule personne : lui-même.

29

— Putain, fais chier ! beugla Sybille en s'accroupissant pour resserrer la sangle en cuir autour de ses chevilles.

Ils avaient rejoint André après un déjeuner copieux – sur les conseils du guide –, avant d'emprunter le train à crémaillère jusqu'à la station Buvette de Jaman. Impossible d'aller plus haut à cause de la neige qui recouvrait déjà une bonne partie des rails. Ils avaient quitté la gare et s'étaient engagés sur un sentier en direction du col de Benaudon avant de chausser leurs raquettes. Depuis, ils essayaient d'adopter le pas ample et souple d'André pour réussir à se déplacer sur la poudreuse. Les panneaux jaunes émergeant à peine de la neige indiquaient vingt minutes de marche, mais ils mirent presque une heure à rejoindre un discret renfoncement où leur guide fit une pause.

— C'est ici qu'il faut quitter le sentier, dit-il en nettoyant ses lunettes de glacier. Normalement il y a une balise, mais là, elle est quelque part sous la fraîche.

Sybille peinait à déplacer sa grande carcasse. Malgré les raquettes, chaque pas coûtait le triple d'énergie d'une progression normale et c'était sans compter le dénivelé et le vent contraire qui soufflait depuis leur départ. Ils avaient les cuisses en feu et le sentiment désagréable de transpirer des litres sous leurs polaires.

— Vous voyez la tache sombre là-haut ? dit André en pointant son doigt vers la montagne du Rocher de Naye. C'est la *via ferrata*… On peut grimper par là en été. C'est raide, mais ça vaut vraiment le coup.

Joshua se rappelait vaguement avoir tenté l'expérience quand il était adolescent, mais l'alpinisme et la randonnée ne faisaient pas vraiment partie de ses préférences.

— Nous on va descendre de ce côté-là pour trouver l'entrée des grottes.

Sybille s'était assise sur un tas de neige pour reprendre son souffle. Un épais nuage de condensation s'échappait de sa bouche et elle foudroyait Joshua du regard. *Qu'est-ce qu'on fout là à se geler le cul ?!* Voilà ce qui devait lui traverser l'esprit à cet instant précis. En vérité, Joshua ne le savait pas vraiment. Il s'était retrouvé pris dans une avalanche un peu plus bas et il n'avait aucune idée des raisons qui l'avaient poussé à venir jusqu'ici. Refaire ce voyage en sens inverse lui semblait la seule piste rationnelle à suivre pour stimuler sa mémoire.

— On y va, lança André en se redressant pour affronter le vent froid soufflant depuis le lac.

Ils descendirent une centaine de mètres avant d'atteindre le sommet d'une petite falaise. Face à eux un épais névé de neige glacée et, à peine perceptible sur la paroi rocheuse, une marque peinte en jaune.

— Faut creuser maintenant, dit André en fouillant dans son sac pour en sortir un piolet et une petite pelle américaine. L'entrée des grottes est juste derrière, faut déblayer dans l'axe de la marque.

Joshua se retourna vers Sybille, craignant de devoir affronter son regard réprobateur, mais elle était déjà piolet à la main en train de dégager rageusement l'amoncellement de neige. Une demi-heure plus tard, Joshua vit apparaître le sommet d'une ouverture creusée à même la roche et le panneau rouge rongé par la glace d'une épaisse porte en fer. Il leur fallut une heure de plus pour déblayer un espace suffisant pour se glisser à l'intérieur de la grotte. André fut le premier à utiliser l'étroite chatière – « si je passe, vous passez tous » furent ses seuls mots d'encouragement. Au moment de s'engager dans le boyau de neige, Joshua eut l'impression de retourner au cœur de l'avalanche et fut pris d'une telle panique qu'il resta bloqué là, incapable d'avancer. Une force herculéenne – la poigne d'André – le tira par les pieds et il se retrouva à l'intérieur de la grotte plongée dans une profonde et froide obscurité.

Alors qu'il reprenait ses esprits, Sybille éclairait un panneau avec l'une des lampes torches qu'ils avaient apportées. « Grottes de Nayes, seulement pour randonneurs entraînés – Impraticable avant la mi-juillet. Le sentier balisé qui traverse les grottes se trouve toujours à droite. »

— À partir de là, on met les pointes ! dit André en fouillant dans son sac à dos.

Il sortit trois paires de crampons en acier ; chacun devait peser dans les deux kilos et il les avait portés seul sans sourciller.

— C'est vraiment nécessaire ? risqua Joshua.

— La température est constamment en dessous de zéro ici. Ça veut dire que les ruissellements de neige se transforment en glace… donc les boyaux se transforment en patinoire vu que ça grimpe sec jusqu'au sommet… la voilà, ta piste de bobsleigh.

Sybille observait les pointes acérées de ses crampons, hésitant à les fixer sous ses chaussures.

— Faut vraiment qu'on se tape cette montée ? demanda-t-elle en se retournant vers Joshua.

— J'imagine que non… On peut juste se balader un peu dans les grottes.

— Se balader ? Le Rocher de Naye c'est un véritable gruyère, y a des galeries, des failles, et des puits partout… mais je peux t'assurer un truc, c'est que c'est JAMAIS de la balade, surtout en hiver. Alors vous me collez bien et on monte.

Joshua hésita quelques secondes et un profond découragement l'envahit. Il leva la tête vers le haut de la galerie dont le boyau glacé se perdait dans une obscurité menaçante. Il ne ressentait rien de particulier dans ce lieu et la réalité lui apparut tout à coup difficile à surmonter. Ils étaient tous les trois engagés dans le ventre froid de la montagne à cause de lui, mais cela ne menait nulle part. Son étrange quête pour retrouver la mémoire et résoudre l'énigme de Catherine Alexander ne faisait que les entraîner dans sa folie.

— Je suis désolé, dit-il en baissant le regard.

Et personne n'osa prendre la parole.

30

Joshua était seul dans l'obscurité du tunnel. Tout autour de lui, il pouvait sentir la masse compacte de la montagne peser sur son corps comme une tension invisible et glacée. Il serra la poignée de sa Maglite comme on s'accroche à son dernier espoir. Si le faisceau lumineux disparaissait, il serait plongé dans une nuit éternelle sans moyen d'échapper à son destin. Face à lui, une paroi verticale sur laquelle était scellée une échelle en fer gris. Un froid givrant transperça le tissu de ses gants alors qu'il montait péniblement pour surmonter l'obstacle. Arrivé au sommet, le tunnel s'élargissait en une immense salle dont le centre était occupé par une colonne de glace reliant le sol au plafond. La lumière se réfléchissait à travers cette stalactite géante et pendant quelques secondes, il eut l'impression d'apercevoir le visage de Catherine Alexander pris dans les cristaux, figé pour l'éternité. L'illusion se dissipa et Joshua continua son chemin le long d'une nouvelle galerie. Il ne savait plus réellement où il se trouvait, ni quelle était la raison de sa présence en ce lieu, mais un vague souvenir lui indiquait de toujours se tenir à droite. Après quelques instants, le silence abyssal qui régnait dans la grotte fut déchiré par un discret accord de musique. Quelques notes très simples qui se répercutaient sur les plafonds creusés à même la roche. Puis la mélodie devint plus complexe, plus précise, et Joshua reconnut un air de valse qui lui parut familier. Au bout du couloir, une lumière blanche pulsait d'une douce chaleur dont les rayons semblaient grignoter les ténèbres. Il accéléra le rythme pour rejoindre ce refuge et ne fut pas surpris de découvrir les murs tapissés de vert et la moquette épaisse. Il se trouvait désormais au huitième étage de l'*Avalanche Hôtel* et marchait d'un pas assuré, laissant des marques de neige à chacun de ses pas. La porte de la chambre 81 était grande ouverte et il pouvait déjà distinguer la silhouette de la femme de ménage, accroupie sur le sol, nettoyant une tache de sang. Il tendit la main vers elle et ses lèvres commencèrent à former des mots lorsque le téléphone se mit à sonner. La femme se retourna pour fixer l'appareil posé sur la table basse à côté du grand lit. Elle avait des yeux verts, une longue chevelure blonde, et quelque chose dans son visage lui était familier sans qu'il soit capable d'identifier quoi. Le téléphone continuait à sonner et il y eut une sorte de vibration dans l'air. Joshua sentit le sol se dérober sous ses pieds à mesure que le décor perdait sa couleur et qu'un sentiment d'étourdissement cotonneux commençait à envahir son crâne. Il se réveilla brusquement, les images de l'hôtel encore figées sur la rétine, et aperçut son téléphone portable posé sur ses genoux. L'appareil vibrait et le nom SYBILLE clignotait sur son écran.

146

Il leva la tête et se rendit compte qu'il s'était endormi sur une chaise dans ce qui ressemblait à une chambre d'hôpital. Il sentit alors de la chaleur dans sa paume droite et réalisa qu'il tenait la main d'une personne dans la sienne. L'inconnue de Naye était allongée sur son lit, juste à côté de lui, et respirait calmement, avec une sorte de sourire aux lèvres qu'il ne se rappelait pas avoir vu à sa dernière visite. Joshua eut du mal à reprendre ses esprits et à combler le vide entre sa randonnée dans la montagne et ce réveil dans l'intimité de la jeune femme. Il posa sa main sur le matelas avec délicatesse et sortit de la chambre pour répondre au téléphone.

— Qu'est-ce que tu fous, bordel ?! Ça fait dix messages que je te laisse ! rugit Sybille.

— Euh... j'ai raté un rendez-vous ?

— Tu te fous de moi ? On devait se retrouver pour que tu me paies un coup ! Après cette foutue rando dans la montagne, j'le mérite bien, non ?

Une sensation de malaise commença à monter en lui. Ce réveil ressemblait à celui qu'il avait vécu dans son cauchemar. Quand miss Delhane, la directrice adjointe, l'avait appelé pour lui demander de descendre dans le salon bleu...

— On a trouvé quelque chose dans la grotte ? demanda-t-il d'une voix hésitante.

— T'as encore un problème avec ta mémoire ?

— Ça se pourrait...

Il y eut un silence au bout du fil et Sybille reprit la parole de manière plus douce.

— On n'a rien découvert parce qu'on a rebroussé chemin... C'était de la folie de tenter l'ascension, de la folie d'être là-bas... J'ai failli perdre un doigt à cause du froid.

— OK..., dit Joshua.

Il n'avait aucun souvenir de leur voyage de retour, ni de sa petite virée jusqu'à la clinique de Lausanne.

— Je te retrouve dans une heure, d'accord... ?

— D'accord..., répondit Sybille. Mais t'es où ?

— Avec une amie, ne t'inquiète pas.

Et il raccrocha en réalisant que, forcément, elle allait s'inquiéter, surtout avec ce qu'il venait de lui balancer.

Joshua se retourna vers l'inconnue de Naye et observa son visage et le tissu des draps qui se soulevaient au rythme de sa respiration.

Pourquoi était-il venu s'endormir à son chevet ? *Miss Delhane...* ce nom avait resurgi de sa mémoire alors qu'il se trouvait avec cette fille qui, justement, ne portait pas de nom. Miss Delhane, la directrice adjointe... existait-elle seulement dans la réalité ? Il enfila son manteau et sortit de la chambre 81 en prenant bien soin de ne pas faire de bruit. La jeune femme semblait endormie, prête à se réveiller, comme dans un conte de fées. Quel prince charmant, quel événement produirait ce miracle ? Joshua n'en avait aucune idée, mais il quitta la clinique avec la certitude de tenir une nouvelle piste.

31

Le Chalet des Anciens se composait d'une grande bâtisse de quatre étages dont la terrasse offrait une vue magnifique sur le lac Léman et les vignes accrochées à flanc de montagne. Cette maison de retraite médicalisée située sur les hauteurs de Vevey permettait à une cinquantaine de résidents de partager leur temps entre de multiples activités et les soins prodigués par une équipe spécialisée. Élisabeth Delhane s'y trouvait depuis 2012, il avait suffi d'une simple recherche dans l'annuaire et de quelques coups de téléphone pour retrouver sa trace.

— Promets-moi de ne jamais me mettre dans un truc pareil ! lui fit jurer Sybille pendant la montée du funiculaire menant au chalet.

— Je ne suis pas certain qu'on me demande mon avis. En général, c'est la famille proche qui s'occupe de ça.

— Si on se marie et qu'on a des enfants, j'veux dire… promets-moi que vous ne me ferez pas ce coup-là.

— Des enfants ! C'est pas trop ton genre, non ? répondit Joshua sur le ton de la rigolade.

Depuis leur visite du palace et la petite randonnée en montagne, il avait l'impression que Sybille multipliait les allusions à une potentielle relation amoureuse entre eux. Certes ils avaient couché ensemble le soir de son malaise, mais il ne s'était rien passé depuis – pas même un baiser –, et ça le mettait mal à l'aise. Il fallait qu'il en parle avec elle, mais il n'arrivait pas à se lancer. Sybille était une fille géniale, qui l'avait toujours soutenu, mais c'était juste une amie ! Il avait peur de le lui dire et de briser du même coup cette complicité qu'ils partageaient depuis leur rencontre. Mais s'il ne le faisait pas… s'il laissait un malentendu s'installer et ronger leur amitié, elle se sentirait trahie et ce serait pire que tout !

— Tu penses à quoi ? demanda Sybille en fixant ses yeux façon détecteur de mensonges.

— C'est hyper beau ici.

Réponse automatique du parfait lâche en mode expert. Elle eut l'air déçue et referma sa parka alors que la cabine du funiculaire arrivait à destination. Une volée de marches plus loin, et dans un silence d'église, ils rejoignirent l'entrée de la résidence à laquelle les murs peints en jaune et les volets bleus donnaient un côté méditerranéen. Une aide-soignante en blouse blanche les accueillit et, après avoir vérifié leur identité, les mena jusqu'au troisième étage où se trouvait la chambre de miss Delhane. Quinze mètres carrés avec une grande fenêtre sur le lac, une immense armoire, un petit lit médicalisé et des murs recouverts de photos encadrées, voilà l'univers dans lequel miss Delhane passait ses dernières années de vie. Elle avait quatre-vingt-deux ans, de sérieux problèmes de tension, mais un visage doux et serein que Joshua n'eut aucun mal à reconnaître. C'était d'ailleurs troublant cette sensation de retrouver une personne qu'il n'avait a priori jamais rencontrée de son existence. Mais pas plus que tous ces souvenirs qui remontaient sans cesse depuis son accident. Après avoir longuement frappé à la porte – elle était un peu sourde –, ils la saluèrent chaleureusement avant de se présenter.

— La gendarmerie ? Vous n'êtes pas venus m'arrêter, au moins ? dit-elle avec un petit air malicieux.

— Pas du tout, madame, ne vous inquiétez pas, répondit Sybille. Mon collègue voulait juste vous poser quelques questions.

Après lui avoir expliqué qu'ils travaillaient sur l'affaire de l'inconnue de Naye – elle en avait entendu parler à la télé –, Joshua évoqua le nom de Catherine Alexander et les yeux de la vieille dame semblèrent perdre de leur éclat.

— La pauvre petite... Je la connaissais depuis long-temps, vous savez. Ses parents venaient à l'hôtel tous les ans. C'est moi qui étais en poste l'année de ce drame... Dire qu'on avait fêté ses dix-huit ans la veille du jour où elle a disparu. C'était terrible...

Des larmes commencèrent à couler le long de ses joues et Sybille lui tendit un mouchoir en papier récupéré dans la poche de sa parka.

— Et Clovis Claiborne ? Vous pouvez nous en parler ?

— Oh oui... c'était un gentil garçon, Clovis. Il avait commencé comme commis de cuisine avant de passer dans l'équipe du bar. Le palace c'était sa vie, vous savez. Il n'avait pas de famille, ce gamin. Alors quand j'ai appris que c'était lui... j'ai beaucoup pleuré.

— Vous le connaissiez bien ? questionna Sybille d'une voix particulièrement feutrée.

Joshua avait déjà remarqué qu'elle abandonnait toujours son ton de camionneur lorsqu'elle se trouvait en présence de gens âgés. Un jour, elle lui avait expliqué avoir « de l'affection pour les vieux ». Sans doute, car sa grand-mère paternelle s'était longtemps occupée d'elle quand elle était gamine.

— On se connaissait tous au palace... c'était comme une grande famille. On s'appréciait. Il faut dire qu'on vivait ensemble pendant des mois. Des années pour certains...

— Je cherche le nom d'une femme de ménage... Avec des yeux verts, de longs cheveux blonds et un visage un peu ovale... Ça vous dit quelque chose ?

— Mon Dieu ! Il y avait presque deux cents femmes de chambre à l'époque où j'y étais. C'est très difficile de vous répondre, monsieur...

Sybille se retourna vers Joshua et lui lança un regard étonné. Comment lui expliquer qu'il cherchait l'identité d'une personne aperçue dans ses rêves ?

Après avoir longuement écouté miss Delhane leur raconter ses anecdotes du palace, ils l'accompagnèrent à la cafétéria pour partager un thé au jasmin et quelques cookies maison. Pour la première fois depuis son accident, Joshua sentit une vague de sérénité l'envahir alors qu'il trempait ses lèvres dans le liquide brûlant en se laissant bercer par la voix fluette de leur hôte. À aucun moment il ne tourna les yeux vers la grande baie vitrée donnant sur la terrasse. À aucun moment il n'aperçut la silhouette sombre encagoulée de noir qui les observait dissimulée derrière un muret.

32

La semaine avait fini de s'écouler tranquillement et Joshua s'était mis en retrait des affaires courantes pour se concentrer sur l'étude du dossier Catherine Alexander. Traditionnellement, les premiers mois de l'année étaient moins chargés que la période des festivals où l'afflux touristique apportait son lot d'infractions. Sybille était intervenue sur un signalement de violences conjugales, mais elle lui avait proposé de « rester les miches au chaud », et il ne s'était pas fait prier. Le carton des archives trônait sur son bureau et malgré une relecture assidue de l'intégralité de la procédure, il n'arrivait toujours pas à relier l'inconnue de Naye à la disparition de la petite Alexander. La police de la Riviera s'était chargée de distribuer un avis de recherche avec le portrait de la jeune femme – ils espéraient encore trouver sa famille, mais personne ne s'était manifesté. La conclusion s'imposait d'elle-même : ou bien elle était originaire d'une autre région – voire d'un autre pays, étant donné la couverture médiatique de l'affaire –, ou bien on ne souhaitait pas son retour. Sybille penchait pour cette dernière hypothèse et y décelait même un mobile probable. Celui qui l'avait abandonnée quasiment nue dans la montagne devait être un proche – comme c'est souvent le cas en matière criminelle –, et il n'était pas près de se dénoncer. Toujours est-il que, malgré son expertise de plus en plus pointue des éléments épars de l'enquête, aucune piste concrète n'émergeait et Joshua sentait monter la frustration. Le dossier de l'inconnue de Naye allait bientôt rejoindre l'étagère des affaires classées et ils seraient condamnés à attendre que la jeune fille se réveille – si elle se réveillait un jour.

Le week-end arriva et Joshua décida de se vider la tête sur une partie de RPG, jeux de rôles qu'il affectionnait plus que tout. Le regard et l'esprit rivés sur l'écran de son PC, il arpenta les sables brûlants d'un désert artificiel histoire d'oublier le froid glacial et les nuages noirs de la tempête, toujours stationnée au-dessus des Alpes. Huit heures non-stop de jeux vidéo plus tard, il avait une faim de loup et des yeux de lapin albinos. Mais son frigo était désespérément vide – à part un vieux Tupperware de tartiflette préparé par sa mère et passablement périmé –, et il commanda une pizza chez *Mopolino*, le resto italien du quartier. Il la dévora vautré dans son canapé face à la baie vitrée et au lac Léman, toujours aussi sombre.

Sybille l'appela plusieurs fois, la première pour lui débriefer l'affaire en cours – ils avaient coffré le mari, multirécidiviste, et le juge d'instruction l'avait immédiatement mis en détention provisoire –, la seconde pour lui proposer de venir prendre une bière. Joshua eut beaucoup de mal à décliner son offre – de peur de lui faire de la peine –, et balbutia une excuse maladroite qui réussit à le faire passer pour un connard. Sybille le soutenait corps et âme depuis son accident, elle l'avait accompagné partout, jusque dans ses délires mémoriels, et il la traitait maintenant comme une inconnue. Joshua ne comprenait pas pour quelle raison il n'arrivait jamais à exprimer correctement ses sentiments ou à faire les choix adéquats. Le psy qu'il avait fréquenté adolescent avait mis ça sur le compte d'une certaine immaturité doublée d'une petite hystérie, c'est-à-dire l'incapacité de connaître ses désirs, et malgré son passage à l'âge adulte, il se demandait si certains symptômes ne subsistaient pas. Perdu dans ses pensées, il n'avait pas vu la journée défiler, et la nuit commençait tranquillement à tomber. Un sentiment de culpabilité – il détestait procrastiner – l'envahit et il chercha quelque chose à faire pour s'occuper et se sentir productif. Ranger son appartement était une option, jeter un coup d'œil au carton laissé par sa mère en était une autre qu'il choisit sans hésitation. Il y avait d'abord les albums de BD, dont celui du fameux *Chaminou* qu'il relut attentivement, observant chaque case comme si elle pouvait receler un indice. Rien de particulier si ce n'est l'histoire d'un chat détective façon Sherlock Holmes, lancé contre l'ignoble loup Crunchbloff accusé de manger ses semblables malgré la loi « anti-gueuletons ». Joshua se dit que c'était un peu angoissant comme récit pour un bébé, et que ça expliquait sans doute la présence de ce nom inscrit aussi profondément dans sa mémoire. Il y avait également un vieux cahier d'écolier sur lequel il s'amusa à relire ses premières phrases. « Salu maman, ge ne veupa maître cé chosure » était un bon exemple de ses problématiques d'enfant et de sa qualité littéraire. Il avait fait quelques progrès depuis, mais restait absolument nul en orthographe, malgré les dizaines d'heures de cours particuliers payées par ses parents. Et puis il tomba sur une série de gros albums photo classés chronologiquement et retraçant son enfance jusqu'à ses dix ans. Après être rapidement passé sur l'époque CE1-CE2 et avoir reconnu le visage de Gabrielle, petit bout de gamine tout en couettes et jupe plissée dont il avait été l'amoureux transi pendant des années, il se retrouva avec le plus ancien album entre les mains. Les clichés – la plupart en noir et blanc – étaient collés sur des pages noires. Certains manquaient à l'appel, car ils avaient glissé entre les feuilles. On y apercevait ses parents – ils étaient si jeunes ! – avec un poupon aux cheveux sombres et aux joues bien potelées. Il se trouvait moche bébé, comme a priori la plupart des gens, même si tout le monde faisait semblant de s'extasier devant son air trop chou. Certaines photos le montraient en panoplie de cow-boy, de pirate, de pompier – visiblement il aimait les déguisements –, et Joshua avait un faible pour celle de Robin des Bois dont le collant blanc moulait avantageusement ses petites cuisses boudinées. Il tourna une page et découvrit des clichés plus anciens. Sur l'un d'eux, il était allongé sur le dos, tendant désespérément les bras vers les jouets d'un portique. Il y avait là sa mère qui souriait et derrière elle… Joshua eut un violent haut-le-cœur. Derrière sa mère se trouvait une femme aux cheveux blonds et au visage ovale. Elle était penchée sur le côté et semblait ramasser un objet hors champ. Elle portait une blouse à l'aspect médical et ses cheveux étaient noués en un épais chignon. Il décrocha la photo de l'album et l'apporta jusqu'à son bureau. Il fouilla dans un tiroir pour exhumer une vieille loupe (datant de l'époque où il peignait des figurines) qu'il rapprocha du cliché pour mieux apercevoir le visage de l'inconnue. Ses doigts se crispèrent alors que ses doutes se dissipaient. C'était bien elle… la femme de ménage agenouillée sur la moquette écarlate. Celle qui épongeait la flaque de sang de la chambre 81…

33

Mme Auberson tenait l'album photo entre ses mains et observait le cliché avec attention.

— Je me souviens très bien de cette dame, dit-elle tranquillement. Rho, mais tu devais avoir tout juste un an... et pourtant tu marchais déjà... C'est difficile à dire, on n'a jamais connu ta date de naissance exacte.

Joshua fixait sa mère, le cœur comprimé par l'émotion. Depuis son adolescence et sa fameuse « période macabre », elle ne lui avait pas parlé de son adoption. D'aussi loin que sa mémoire remonte, les Auberson avaient été ses parents et Joshua n'avait jamais ressenti le besoin d'en apprendre plus. Il avait passé les premiers mois de sa vie dans un orphelinat catholique à Lausanne entouré par la bienveillance des nonnes et ça lui suffisait. Inutile pour lui de rechercher ceux qui l'avaient abandonné en plein hiver et encore moins d'essayer de leur trouver des excuses ! Joshua sentit des larmes couler sur ses joues et en levant la tête, il constata que sa mère pleurait, elle aussi.

— Quand tu es arrivé chez nous, ça a été le plus beau jour de notre vie, on avait tellement prié, dit-elle en se retournant pour attraper un paquet de mouchoirs sur la table basse qui jouxtait le canapé. Je me souviendrai toute ma vie de cette journée, c'était les premières chaleurs du printemps, ils sont venus te déposer à la maison juste après l'heure du déjeuner.

Joshua n'osa pas interrompre sa mère, dont le visage s'illuminait à l'évocation de ces souvenirs.

— Tu portais une sorte de layette en laine rose... J'imagine que les sœurs mélangeaient les affaires des garçons et des filles. Tu étais tellement potelé, un vrai petit poupon. Quand j'ai vu tes yeux, je me suis dit que je t'aimerais pour toujours.

Il s'était rapproché pour lui prendre la main, bien conscient que ce moment d'intimité avait quelque chose d'unique et de précieux.

— Et depuis je n'ai jamais cessé de t'aimer, mon fils... Même si tes vrais parents t'ont abandonné, papa et moi on sera toujours là pour toi, tu le sais ? dit-elle avec une pointe d'inquiétude.

— Bien sûr, maman... Je ne suis pas venu te voir pour parler de ça.

— J'avais peur qu'avec ton accident et cette histoire de mémoire... enfin je veux dire... que ça remue trop de choses dans ta tête.

— Non, je vais bien, ne t'inquiète pas... Je voulais juste te demander quelque chose. Cette femme, qui est-ce ? dit-il en pointant le doigt sur le visage de l'infirmière.

Mme Auberson fronça les sourcils et prit quelques secondes pour répondre.

— C'est une dame du dispensaire de l'église pastorale... Elle m'a aidée à m'occuper de toi dans les premiers mois. Tu sais, ça n'a pas été tout de suite facile.

— C'était une sorte d'aide-soignante ? J'avais des soucis de santé ?

— De santé, non... Mais tu avais souvent des frayeurs nocturnes, c'était difficile la nuit. Alors la journée je me reposais pendant qu'elle te surveillait. Parfois elle s'occupait même du ménage. Vraiment, c'était une chic fille.

— Tu te souviens de son nom ?

— Je crois que c'était Annaïck... Mais ça date d'il y a plus de trente ans maintenant.

— Vous êtes restées en contact ?

— Non... Et j'avoue que j'ai toujours été triste de la manière dont ça s'est terminé avec elle.

— C'est-à-dire ?

— Elle a disparu du jour au lendemain. Le dispensaire nous a appelés pour nous prévenir qu'elle ne viendrait plus, et voilà. On ne l'a plus jamais revue. À l'époque, ça m'avait choquée parce qu'elle était gentille avec toi, cette dame, elle t'aimait beaucoup. Avec papa, on pensait qu'elle aurait voulu te dire au revoir, ou même garder le contact... mais pas du tout. D'ailleurs l'album de BD qui était dans le carton...

— *Chaminou* ?

— Oui, c'est ça... je crois bien que c'est elle qui te l'a offert.

Joshua sentit le froid l'envahir alors qu'il réalisait à quel point ce bébé avait dû souffrir du sentiment d'abandon. Que serait-il devenu s'il n'avait pas eu la chance d'être recueilli par des parents aimants ? Il se rappela

Clovis, lui aussi orphelin, et de son visage de travers. Il n'avait pas eu la même chance que lui.

— Pourquoi tu me poses cette question ? demanda sa mère en lui tendant l'album photo.

— Je ne sais pas... J'aimerais revoir cette dame.

Elle ne répondit rien mais fit un sourire qui ressemblait à une grimace. Joshua pouvait imaginer l'angoisse de ce brusque désir qu'il avait de replonger dans ses racines. Lorsqu'on aime un enfant, on le protège de tout et parfois de lui-même. Il y eut une vibration dans la poche de sa veste et Joshua attrapa son portable.

— T'es où, bordel ?! couina Sybille avec une urgence qu'il ne lui connaissait pas.

— Chez mes parents.

— Ouais, bah pointe tes petites fesses au Chalet des Anciens... et traîne pas !

— Qu'est-ce qui se passe ?

— La vieille Delhane... Elle est morte.

34

Joshua avait mis presque une heure à rejoindre la maison de retraite située sur les hauteurs de Vevey. À son arrivée, plusieurs voitures de gendarmerie étaient déjà stationnées sur le parking de la résidence, dont le camion mobile compact de la police scientifique. La cafétéria et l'espace détente étaient noirs de petits vieux, installés à la va-vite par le personnel soucieux de ne pas attiser l'angoisse chez ses pensionnaires. Il croisa d'abord Harry et Raymond, deux collègues de la cantonale qui sirotaient une tasse de café en profitant de la vue.

— C'est au troisième, lança Harry à son attention. Mais Sybille m'a dit que vous étiez déjà venus la voir.

— Elle est morte de quoi ?

— Aucune idée. Peut-être un empoisonnement ? Y a des boîtes de médocs sur sa table de nuit.

— Ouais, enfin on est dans une résidence médicalisée. Elle devait en prendre de toute façon.

Harry haussa les épaules et avala une gorgée de liquide brûlant avant de se retourner vers son collègue occupé à immortaliser la vue avec son iPhone. Joshua se dit qu'il n'y avait rien de plus à en tirer et grimpa rapidement les trois étages par l'escalier de service. La chambre de miss Delhane se trouvait au milieu d'un long couloir dont les murs peints en bleu turquoise étaient agrémentés de cadres avec des photos de paysages maritimes. Deux techniciens prenaient des clichés de la topographie des lieux et Sybille se tenait adossée contre la porte de la chambre, perdue dans ses pensées.

— Ah, te voilà, toi ! dit-elle en le voyant arriver.

— Qu'est-ce qui s'est passé ?

— Ils l'ont retrouvée ce matin à 9 h 15... Visiblement elle avait cassé sa pipe en dormant.

— Mort naturelle ?

— Possible... Mais y a un tube de somnifères sur sa table de nuit. Pas le genre de médocs prescrits par la maison et définitivement pas une bonne idée vu ses soucis d'hypertension. Le médecin qui la suit pense qu'elle a pu faire une apnée du sommeil un peu trop prolongée...

— Mais elle les a eus où, ces médocs ?

— Personne ne le sait. A priori, ils sont à elle.

— Le corps est encore là ?

— Ouais... Mais il ne va pas tarder à partir au CURML pour l'autopsie.

Joshua entra dans la chambre de miss Delhane. La vieille dame se trouvait encore dans son lit. Allongée sur le dos, le drap remonté jusqu'au cou et le visage à peine livide, elle semblait paisiblement endormie. Joshua aperçut ses pantoufles rangées sous une chaise sur le dossier de laquelle ses vêtements de la veille étaient soigneusement pliés. Une nuit comme les autres au Chalet des Anciens. Mais une nuit définitive.

Il y avait bien un tube de somnifères à côté d'elle – Joshua nota qu'il était presque vide –, et un verre d'eau bien entamé. Il ferma les yeux et imagina cette petite mamie entrer dans son lit, prendre ses médicaments et s'endormir calmement.

Pourquoi utiliser des somnifères ? Était-ce leur visite de la semaine dernière qui l'avait perturbée ? Évoquer l'enlèvement de Catherine Alexander – qu'elle aimait autant que sa propre fille – avait-il eu pour effet d'angoisser cette vieille dame au point de lui faire perdre le sommeil ? Joshua n'avait aucune raison de culpabiliser, il faisait simplement son travail, mais il ne pouvait pas s'empêcher de constater que cette affaire, vieille de trente ans, dispensait encore son poison à tous ceux qui l'approchaient, lui compris.

— Le médecin a parlé de potentiel suicide, dit Sybille dans son dos.

— Un suicide ? Mais pourquoi ? Elle allait bien quand on l'a vue.

— D'abord parce qu'il manque quand même pas mal de cachetons dans le tube… Et aussi car elle n'avait pas autant le moral que ça. Visiblement, on était sa première visite depuis douze mois.

— Elle n'avait pas de famille ?

— Si, mais pas dans le coin. Ses petits-enfants passaient encore la voir de temps en temps, et c'est tout. Ça fait pas vraiment lourd.

— Mais comment elle pouvait payer sa chambre ici ?

— Un virement automatique de sa retraite et le reste pris en charge par l'assurance. Voilà, tu piges pourquoi je ne veux pas qu'on me mette dans un endroit pareil… Tu peux crever la bouche ouverte, seul et abandonné de tous, le seul truc que ça changera c'est deux lignes de comptes en moins et un peu de paperasse supplémentaire.

Sybille serra la mâchoire en regardant le corps de miss Delhane, et Joshua eut envie de la prendre dans ses bras pour la rassurer. Elle avait raison... Nous naissons seuls, nous mourrons seuls, mais au moins fallait-il essayer d'échanger un peu de chaleur pendant notre existence. *Paix à votre âme*, pensa-t-il en sortant de la chambre. Et il se demanda si le fantôme de miss Delhane allait rejoindre celui de Clovis et le hanter pour qu'il réussisse à résoudre cette affaire.

35

L'église pastorale de la Santé regroupait une unité de religieux dispensant leur soutien aux familles – principalement catholiques – de la région. C'est vers cette institution que s'étaient tournés ses parents pour recruter la personne qui allait les aider à l'« accueillir » dans la tendresse du Christ. Joshua n'était pas croyant même s'il avait été élevé dans une famille pratiquante et baptisé dès son arrivée chez les Auberson. Depuis toujours, il se sentait attiré par les mystères de la foi, mais il n'y voyait guère plus que l'expression d'une curiosité humaine assez banale. Qui sommes-nous ? D'où venons-nous ? Où allons-nous ? Ces questions métaphysiques n'avaient pas fini de nous hanter et il ne ressentait pas le besoin de croire en un quelconque dieu pour chercher des réponses que, de toute façon, il n'obtiendrait jamais. Les aumôniers de la pastorale occupaient un vieux presbytère niché entre deux collines au nord de Lausanne. À en juger par l'état des murs en moellons avachis et de la toiture en tuiles rouges brinquebalantes, le bâtiment n'avait pas été restauré depuis que sa mère était venue le présenter aux religieux plus de trente ans auparavant. Ce lieu ne lui évoquait rien si ce n'est la désagréable sensation d'isolement qu'il avait déjà ressentie en se rendant sur la tombe de Catherine Alexander. Une légère angoisse le traversa au souvenir de son agression sur le parking du cimetière. Cette fois, il n'avait pas oublié son flingue et il était même passé au stand de tir pour vider quelques chargeurs histoire de se dérouiller. Une lourde porte couina sur ses gonds et il pénétra dans une pièce où la température semblait encore plus froide qu'à l'extérieur. Une religieuse portant une chasuble noire sur un col roulé en laine blanche se tenait dans un coin, occupée à ranger une pile de tracts sur un présentoir. Elle se tourna vers lui et ajusta ses lunettes en avançant dans sa direction.

— Bonjour, monsieur, je peux vous aider ?

— Bonjour… ma sœur. (Il se sentit ridicule d'utiliser ce terme, est-ce qu'il était obligé d'appeler toutes les nonnes « ma sœur » ?) Je suis lieutenant de la police cantonale.

Et il fouilla dans les poches de sa veste à la recherche de sa carte officielle – ce qui mit un certain temps et amusa la religieuse.

— J'aimerais vous poser quelques questions…, finit-il par rajouter alors qu'elle l'observait avec ses grands yeux noirs.

— Bien sûr, si je peux vous aider. C'est à quel sujet ?

— Eh bien… je cherche l'identité d'une personne. C'est une sœur qui travaillait ici, avec les familles d'accueil. Elle s'occupait d'un bébé…

— Êtes-vous déjà allé à l'orphelinat dont dépendait l'enfant ?

— Pas encore... mais je sais qu'elle était dans votre aumônerie.

— Et quel est le nom de cet enfant ?

— Joshua Auberson.

La sœur sembla perplexe. N'était-ce pas justement le nom qu'elle venait d'apercevoir sur sa carte de police ? Elle hésita avant de répondre.

— Attendez-moi ici quelques minutes, s'il vous plaît...

Et elle lui tourna le dos pour disparaître par une porte sur le côté.

Joshua frotta ses mains pour se réchauffer et entama un tour de la pièce histoire de ne pas rester inactif. Les murs recouverts de chaux blanche semblaient gorgés d'humidité – d'où la sensation glaciale qui régnait –, et ils étaient décorés de grands clichés encadrés où on pouvait apercevoir des générations de religieux se serrant en rang d'oignons comme les classes d'une école élémentaire. Joshua s'arrêta sur quelques-uns de ces visages souriants, posant pour la postérité devant l'édifice en pierre. Il ressentait de l'admiration pour ces gens qui avaient quitté la vie civile pour se consacrer à leur foi. Il fallait du courage pour réaliser ses rêves ou tendre vers ses passions, aussi dénuées de sens soient-ils. Joshua ne se sentait pas un tel courage. On lui avait souvent rabâché que le métier de flic devait être une vocation voire même un véritable sacerdoce. Pourtant il ne l'avait jamais vécu de cette manière. Pour lui, être flic consistait principalement à résoudre des enquêtes, c'était l'aspect ludique avant tout qui l'avait mené vers cette voie. Pour le reste, il était Joshua Auberson, un trentenaire normal et sans histoires. Un mec un peu largué, mais finalement pas trop mal dans ses baskets. Stephen King – dont il avait dévoré tous les romans – disait qu'à vingt ans on croyait connaître la route, à vingt-cinq on soupçonnait qu'on tenait la carte à l'envers et à trente on en avait la certitude... Eh bien c'était tout à fait ça, surtout depuis son séjour sous trois tonnes de neige.

Il y eut un bruit de pas sourd sur les dalles et la religieuse réapparut avec un bout de papier à la main.

— J'ai trouvé la personne que vous recherchez, dit-elle en lui souriant. Annaïck Ducreuset. Elle travaillait à l'église pastorale dans les années 80. C'est elle qui s'est occupée de Joshua Auberson... C'est vous, n'est-ce pas ?

— Oui, c'est moi, dit-il en baissant les yeux comme un gamin pris les doigts dans un pot de confiture.

— Je ne peux pas vous dire grand-chose de plus, monsieur Auberson, vos parents ne se sont jamais plaints de ses services et la sœur Ducreuset nous a quittés.

— Vous voulez dire qu'elle ne travaille plus ici ?

— Non, elle est malheureusement décédée d'une longue maladie... Je ne la connaissais pas personnellement, mais c'est inscrit dans le registre. Cela fait déjà presque cinq ans...

Joshua fut envahi par une sensation de vide abyssal. Le cliché de cette femme, la même que dans ses cauchemars, avait fait naître l'espoir de créer un lien concret entre ses souvenirs et la réalité. Et ce lien semblait lui échapper une fois de plus.

— Vous n'avez rien dans vos archives la concernant ? Je ne sais pas, une photo ou quelque chose ?

La sœur leva un doigt en l'air comme si elle venait d'avoir une idée, puis elle pivota pour se diriger vers l'un des murs de la salle.

— Suivez-moi, dit-elle avec une voix douce.

Et ils se retrouvèrent tous les deux face à l'un des cadres que Joshua avait scrutés. La photo était en noir et blanc, et une dizaine de religieux se tenaient alignés devant le muret de l'église. Il régnait une ambiance bon enfant dans les rangs, l'un des prêtres posait même en gonflant le biceps comme un boxeur, ce qui faisait éclater de rire sa voisine, une grande gigue à lunettes.

— Voilà, juste ici, dit la sœur en pointant le doigt sur l'une des têtes.

Sœur Annaïck Ducreuset n'était pas très grande, elle avait un visage tassé sur lui-même et on devinait une épaisse tignasse brune bouclée sous son voile. Ses yeux sombres fixaient l'objectif avec une expression de candeur enfantine.

— Ce n'est pas elle ! s'exclama Joshua, stupéfait.

Effectivement, Annaïck Ducreuset n'avait rien à voir avec la fille aux cheveux clairs et au visage ovale de la photo de ses parents. Comment cela était-il possible ?

36

La silhouette massive du *Bellevue Grand Palace* se découpait sur le ciel gris de cette fin d'après-midi. En attendant que son train à crémaillère l'arrête à la station désaffectée, Joshua avait passé son temps au téléphone. Sa mère ne comprenait pas pour quelle raison Annaïck Ducreuset – elle se souvenait très bien du prénom – ne correspondait pas à la photo qu'il avait vue à l'ermitage. Pour lui, il n'y avait qu'une seule explication : la jeune fille qui s'était occupée de lui bébé avait pris l'identité de la sœur. Comment y était-elle parvenue et surtout dans quel but ? La véritable Annaïck étant décédée, il était impossible de répondre à ces questions sans retrouver l'usurpatrice. Et c'est ce qui amenait Joshua à arpenter à nouveau les couloirs déserts du palace. Robert, plutôt content d'avoir de la visite, l'avait reçu dans son bureau et lui avait préparé un café servi dans des tasses en porcelaine estampillées des armes du *Bellevue* : la fameuse branche de cerisier. Depuis le début de ses cauchemars, Joshua apercevait cette femme en uniforme et il n'avait de toute façon aucune autre piste pour retrouver sa véritable identité. Fatigué de conserver ses doutes pour lui, il avait raconté au vieux gardien l'intégralité de ses délires nocturnes et les raisons pour lesquelles il essayait de faire le tri entre des souvenirs enfouis et de simples représentations oniriques. Robert l'avait écouté attentivement, les yeux fixes, avec une expression inquiétante. À la grande surprise de Joshua, il avait paru totalement emballé par ses élucubrations.

— Je crois beaucoup à la mémoire des lieux, vous savez, avait-il dit pour ponctuer le récit de Joshua. Moi qui habite ici depuis des années, je peux vous dire qu'il s'en passe des choses...

— Quel genre de choses ?

— Des bruits de pas, des portes qui claquent... des lumières, même, et parfois de la musique. C'est comme si... comme si la mémoire du palace refusait de se vider totalement.

— Vous croyez aux fantômes, alors ? questionna Joshua.

— Non... ça, c'est des histoires pour faire peur aux enfants. Je crois à la physique quantique.

Robert s'était redressé pour saisir un livre sur une étagère et le coller dans les mains de Joshua : *Mécanique quantique* d'un certain Cohen-Tannoudji.

— Je pense que certains lieux possèdent leur propre mémoire, car ils se situent aux points de jonction entre plusieurs dimensions... En fait, pour simplifier, le passé, le présent et le futur peuvent coïncider et parfois même se mélanger.

Il y eut un silence d'église. Joshua réalisa soudain qu'il se trouvait en pleine montagne, dans les entrailles d'un hôtel en ruine en train de discuter avec un gars qui passait la plupart de son temps à errer dans des couloirs vides en parlant tout seul. Il eut un frisson en imaginant Robert, hache à la main, courant dans un labyrinthe végétal derrière son petit garçon gémissant « *REDRUM* » avec des yeux révulsés.

— J'ai un peu de mal à comprendre...

— C'est pourtant simple, Bon Dieu ! Quand le présent, le passé et le futur se rejoignent, cela crée une sorte de distorsion durant laquelle les événements transpirent d'une époque à l'autre. Alors vous voyez, les fantômes, les zombies et toutes ces conneries, c'est de la gnognotte à côté des mathématiques ! Lisez ce livre, vous comprendrez. C'est quand même un Prix Nobel qui en est l'auteur, pas un écrivaillon à la mords-moi-le-nœud ou un quelconque scribouilleur de polars bon marché !

— Bien, et si je vous demande votre aide pour retrouver une femme de ménage qui a travaillé ici... ça vous tente ?

— Bien entendu. Vous avez son nom ?

— Justement non. Mais je sais à quoi elle ressemble, dit-il en sortant une enveloppe contenant la photo décrochée de l'album de sa mère.

— Sa tête ne me dit rien, mais attendez...

Robert se leva pour aller chercher un cadre posé sur une étagère.

— Alors ça, vous voyez, c'est pas n'importe quoi ! Cette photo a été prise pour la fermeture définitive en 1992. Il y a tout le personnel de l'époque, c'est-à-dire pas loin de trois cents personnes.

Les employés du *Bellevue Grand Palace* étaient disposés en arc de cercle au pied de l'immense escalier central du lobby. Le vieux gardien pointa son doigt sur l'un des visages.

173

— Vous voyez ce jeune homme en veston qui ouvre les bras... là tout devant... c'est moi ! Rha, j'avais de la gueule à l'époque ! Et du succès avec les filles, ça, je peux vous le dire. Ça se bousculait au portillon !

Joshua prit la photo et commença à fixer tous les profils féminins. Visage ovale, cheveux clairs, regard un peu distant... difficile de distinguer une personne qu'on ne connaît pas au milieu d'une telle masse anonyme. Puis elle apparut d'un coup, coincée sur le rebord de la rampe entre deux autres filles. Elle portait exactement la même blouse que dans ses cauchemars et Joshua eut l'impression qu'elle le regardait.

— Là ! C'est elle ! hurla-t-il de surprise et de joie.

La preuve était faite ! La fille de ses rêves et celle de son enfance existaient et ne formaient qu'une seule personne ! Restait à découvrir son identité.

— Très bien, dit Robert en récupérant la photo. Tous les gens présents sur ce cliché sont dans un index. Je vais pouvoir vous trouver son nom et peux être même son adresse dans le registre. Vous avez un peu de temps ?

Du temps, Joshua en avait. Autant qu'il en faudrait pour pouvoir se lancer à la poursuite de cette mystérieuse femme et des secrets qu'elle devait forcément cacher. Enfin il reprenait la main sur les énigmes qui s'accumulaient depuis l'avalanche.

— On passe à quelque chose de plus fort ? demanda-t-il en faisant un signe vers une bouteille de rhum posée sur un bureau.

— Ça, c'est parlé ! conclut Robert.

Et ils trinquèrent ensemble pour fêter cette petite victoire.

37

— Plus paumé, tu crèves ! s'exclama Sybille en observant une grange délabrée sur le bord de la route.

— Et cette saloperie de GPS qui bugge ! rajouta Joshua.

Une heure qu'ils tournaient dans la montagne pour trouver l'adresse que Robert lui avait notée sur un papier glacé trois cents grammes avec l'en-tête du *Bellevue Grand Palace* : Isabelle Ternier, 3 allée Haute, hameau de la Rouxte.

Ce foutu village n'existait sur aucune carte et l'application de son smartphone ramait en les faisant emprunter des chemins hors GPS.

— Ce n'est pas ça ? demanda Sybille en pointant du doigt un panneau blanc sur lequel était inscrit : Bernier, ex-hameau de la Rouxte.

Bingo !

Ils s'engagèrent sur un semblant de route en terre bordé de terrains laissés à l'abandon. Quelques rares chalets en bois gris vérolés par le gel dressaient leurs silhouettes entre de vieux sapins aux branches difformes. Le « hameau » ne devait pas comporter plus d'une dizaine d'habitations, blotties au pied d'une haute falaise noire dont la masse écrasante masquait le soleil. Il régnait une atmosphère désagréable de pénombre bien que ce soit le début d'après-midi. Mais ce qui frappa le plus Joshua, c'était le silence absolu dans lequel ils évoluaient depuis qu'ils étaient sortis de la route principale. Pas un son ne s'échappait de la nature alentour, ni le souffle du vent, ni les aboiements d'un chien, ni même le bruit des pneus sur le gravier du chemin. Ils avaient l'impression d'avancer dans du coton et cela lui rappela avec effroi la sensation qu'il avait connue lorsque son corps était encastré dans des tonnes de neige.

Sybille s'était recroquevillée sur son siège et scrutait les environs à la recherche d'un quelconque panneau de signalisation.

— Y a que deux allées de toute façon, dit-elle quand la voiture de Joshua atteignit le bout de la première. J'ai pas vu de numéro sur les portails... On n'a qu'à tenter l'autre.

Quelques minutes plus tard, ils avaient fait demi-tour et s'étaient engagés sur un chemin coupant perpendiculairement vers la falaise. Le numéro 3 se trouvait tout au bout, quasiment collé à la paroi en pierre sombre. Le pavillon d'Isabelle Ternier était construit de plain-pied face à un jardin clôturé encombré de détritus. Il s'en dégageait une atmosphère malsaine de décharge et un sentiment d'abandon total.

— T'es sûr que c'est là ? interrogea Sybille.

— J'en sais rien, répondit-il en se penchant pour fouiller dans la boîte à gants.

Il sortit son Sig Sauer 9 mm et vérifia que le chargeur était bien enclenché avant de le mettre dans l'étui de son holster ceinture.

— Ah ouais, carrément ! dit Sybille en l'observant. T'as peur que la veille t'agresse ou quoi ?

— On ne sait jamais ! Je te rappelle qu'un mec m'a passé à tabac dans un bled aussi paumé que celui-ci ! lui fit-il remarquer en quittant la voiture.

Un froid glacial, renforcé par la présence de la falaise, les transperça dès qu'ils furent à l'extérieur. Sybille ferma le zip de sa parka et mit sa capuche par-dessus son bonnet de docker. Elle le suivit jusqu'au muret, dont le portillon s'ouvrit en grinçant, puis ils traversèrent le jardin recouvert d'une mince couche de verglas. Autour d'eux, des objets disparates émergeaient de la neige : un canapé, un ballon d'eau chaude, des caisses en bois, la structure rouillée d'un vélo, et Joshua remarqua la forme dérangeante d'une vieille poupée abandonnée sur le sol, les bras écartés, ses yeux en porcelaine fixés vers le ciel comme un cadavre sur une scène de crime.

Alors qu'ils arrivaient au niveau de la porte d'entrée, un malaise étrange commença à envahir Joshua et il eut soudain envie de quitter à toute vitesse cet endroit comme si un danger imminent les guettait. Sybille dut percevoir également quelque chose, car elle ouvrit le bas de sa parka pour découvrir la crosse de son arme. Ils échangèrent un regard et Joshua cogna trois fois sur le volet en bois de la porte. Trois coups sourds qui brisèrent le silence de mort de ce hameau oublié de tous. Il n'y eut aucune réponse pendant plusieurs minutes et Joshua entreprit de frapper à nouveau quand les gonds commencèrent doucement à grincer. L'air se figea le temps qu'une silhouette émerge de l'obscurité. C'était une vieille femme à la peau tannée par le soleil dont le visage ovale semblait incroyablement long. Une épaisse crinière de cheveux blancs contrastait avec son teint sombre et elle fixa son regard dur dans celui de Joshua.

À ce moment, une sorte de déclic se produisit dans les tréfonds de son cerveau et il eut le sentiment qu'une pièce importante du puzzle s'était emboîtée quelque part dans sa mémoire. Isabelle Ternier était bien la femme de ses rêves et celle qui s'était occupée de lui petit. Elle se tenait là, dans ce village fantomatique, ses yeux clairs plongés dans les siens. Il y eut un instant de silence, car il ne savait pas quoi lui dire maintenant qu'il l'avait trouvée. Finalement ce fut elle qui brisa la glace de ces étranges retrouvailles.

— J'étais sûr que t'allais venir, dit-elle en les invitant à la suivre…

38

L'intérieur du pavillon ressemblait à une sorte d'improbable débarras. Au milieu d'un fatras d'objets accumulés sur des étagères et de meubles d'aspect étonnamment luxueux pour l'endroit, se trouvait un vaste canapé en velours rouge dont Joshua reconnut instantanément l'origine. Toutes ces pièces étaient des vestiges du *Bellevue Grand Palace*, et en se penchant pour observer un cendrier en marbre noir, il aperçut les initiales BGP gravées sur le fond. Leur hôtesse les avait installés dans un coin vaguement configuré en salon et guettait Joshua avec des yeux hallucinés.

— Ça vient de l'hôtel ? finit-il par demander en posant le cendrier.

Il n'y eut aucune réponse et Sybille fit un geste de la main autour d'elle en fronçant les sourcils.

— Vous avez les factures pour tout ça ?

— J'ai travaillé là-bas. Vingt ans de ma vie, mes plus belles années, dit-elle sèchement.

Isabelle Ternier devait avoir dans les soixante-cinq ans, mais les rides causées par le soleil lui en donnaient dix de plus.

— À la fin, ils nous ont virés sans aucune indemnité... alors on s'est arrangés autrement.

Sybille s'était retournée vers Joshua avec une moue dubitative. Après tout, elle venait d'avouer un vol – ou au moins un trafic illicite – sans broncher.

— Nous ne sommes pas ici pour ça, enchaîna Joshua. L'église pastorale de la Santé, ça vous rappelle quelque chose ?

La vieille femme baissa les yeux et disposa ses mains à plat sur ses genoux sans desserrer les dents.

— Annaïck Ducreuset... vous la connaissez ?

— Jamais entendu parler de cette dame.

Sybille bouillonnait sur le canapé avec l'air de dire « fous-toi de ma gueule », et Joshua comprit qu'il allait devoir passer à la vitesse supérieure avant qu'elle ne pète un câble.

— Sur cette photo, c'est bien vous ? demanda-t-il en lui tendant le cliché de son album d'enfance.

Les yeux d'Isabelle se mouillèrent de larmes et elle porta une main à sa bouche sous le coup de l'émotion.

— C'était il y a si longtemps...

— Et vous savez qui est ce petit garçon ?

— C'est... toi, dit-elle en relevant la tête vers Joshua.

— Oui... Alors vous allez m'expliquer pourquoi vous êtes venue travailler chez mes parents sous une fausse identité.

Il y eut un long silence avant qu'Isabelle ne se lève pour se diriger vers une pièce attenante.

— Vous voulez un thé ?

— Non merci, lâcha Sybille sur un ton sec. Ce qu'on veut c'est des réponses. Nous ne sommes pas montés jusqu'ici pour une visite de courtoisie.

— Moi je vais en prendre un, répondit-elle comme si elle n'avait rien entendu.

Lorsqu'ils furent seuls sur le canapé, Sybille se rapprocha de Joshua et mit une main sur la crosse de son revolver.

— Imagine qu'elle revienne avec un fusil !

— Calme-toi, on veut qu'elle parle... Si on l'agresse, elle ne risque pas de le faire.

— On l'embarque, ouais ! Y en a pour des milliers de francs de recel ici. Je t'avais dit que le gardien devait trafiquer un peu ! Et puis comme ça, tant qu'on la tient on peut l'interroger sur Catherine Alexander...

— S'il te plaît, Sybille, fais-moi confiance. J'ai BESOIN de ces réponses. Une fois au poste elle va se braquer et on n'apprendra rien de plus.

Ils furent interrompus par le retour de leur hôtesse avec en main, non pas un fusil, mais une tasse en porcelaine – le même genre que celles que Robert conservait précieusement dans sa collection. Elle s'assit en face d'eux et plongea ses lèvres dans le liquide brûlant avant de reprendre la parole.

— Joshua... C'est vraiment un joli prénom, j'imagine que ta mère ne t'a jamais dit qu'on t'avait appelé René...

Joshua eut l'impression d'avoir reçu un crochet dans les côtes.

— De qui parlez-vous ?!

— Les filles de l'orphelinat... J'y ai travaillé en plus de mes heures au *Bellevue*. C'est là-bas qu'on s'est rencontrés. J'y étais le jour où ils t'ont recueilli.

Joshua s'était figé comme une statue de cire alors que le visage de Sybille paraissait vraiment blême. Il ne lui avait jamais parlé de son enfance, encore moins de son adoption. L'apprendre ici, sur le canapé volé de cette étrange bonne femme devait être un choc inattendu.

— Quel rapport avec Annaïck Ducreuset ? demanda Joshua les lèvres serrées.

— Le rapport c'est l'amour, Joshua... l'amour d'une femme pour un bébé qu'elle connaît à peine, mais qu'elle ne veut pas quitter. C'est moi qui me suis occupée de toi le temps que tu es resté à l'orphelinat... et je n'ai pas pu te laisser disparaître de ma vie comme ça. Quand j'ai appris que tes parents avaient contacté le dispensaire pour trouver une aide, je me suis fait passer pour une des sœurs.

— Mais comment vous avez fait ça ?

— Oh rien de compliqué... Je connaissais très bien Annaïck, je lui ai dit que la mission était annulée, car tes parents partaient en voyage à l'étranger. Il y a tellement d'enfants, Joshua, tellement de malheur sur cette Terre. Elle m'a crue et s'est occupée d'un autre. Et je me suis présentée chez ta mère le jour suivant en prenant sa place.

Sybille semblait tétanisée par les mots d'Isabelle. Ils étaient venus pour enquêter sur la disparition de Catherine Alexander et ils se retrouvaient à discuter de l'enfance de Joshua. C'était aussi étrange que dérangeant.

— Mais combien de temps ça a duré, tout ça ? demanda-t-elle.

— Une dizaine de mois... À un moment, Annaïck a parlé de recontacter ta mère et j'ai eu peur d'être découverte.

— Et vous n'avez plus jamais donné signe de vie.

Tout se tenait. Le récit de sa mère, les recherches qu'il avait faites à l'église pastorale. Isabelle Ternier était la première personne à s'être occupée de lui après son abandon, ça expliquait pourquoi il la voyait dans ses rêves, souvenir diffus d'un amour précoce et suffisamment intense pour subsister dans ses neurones toutes ces années. Un point restait à éclairer : comment savait-il qu'elle travaillait au *Bellevue* ?

— Et vous avez travaillé au palace en tant que femme de chambre ?

— Oui, pendant vingt ans... D'abord comme intérimaire puis à plein temps. Mais les dernières années ont été atroces pour tout le monde. Nous formions une famille, vous ne pouvez pas imaginer... et le palace... il pourrissait de l'intérieur. Il est mort lentement... comme une bête qui agonise.

— Vous connaissez Robert ?

— Le gardien ? Oui... c'était un gamin à l'époque. Il n'a jamais voulu accepter la fin. Vous savez, le passé vaut mieux l'oublier, ça aide à vivre. Sinon ça vous ronge, comme une maladie...

Ces derniers mots résonnaient dans la tête de Joshua, lui qui faisait tout, au contraire, pour recomposer ses souvenirs.

— Et la chambre 81, elle avait quelque chose de particulier ?

La vieille femme resta silencieuse, mais ses traits semblèrent se tirer encore un peu plus et un voile étrange passa dans son regard.

— Rien, répondit-elle finalement d'une voix froide.

Et Joshua sut immédiatement qu'elle lui mentait. Il allait la questionner mais Sybille porta la main à la poche intérieure de sa parka et sortit son téléphone. Elle échangea quelques mots avec son interlocuteur et se retourna vers lui précipitamment.

— Faut qu'on y aille. Il s'est passé quelque chose à la clinique...

39

Le chemin du retour s'était déroulé de manière plus rapide et ils avaient rejoint le CHUV de Lausanne en moins d'une heure. Deux médecins les attendaient à la réception pour leur expliquer les événements de la nuit. Vers 1 heure, un infirmier de garde avait remarqué la présence d'un individu dans le couloir menant à la chambre de l'inconnue de Naye. Les visites se terminant beaucoup plus tôt dans la soirée, il l'avait interpellé, mais l'homme avait pris la fuite en utilisant un escalier de service. Impossible de décrire son visage — il portait une cagoule en laine noire —, mais il était grand, plutôt épais, et l'étage où il se trouvait n'abritait que des patients en coma profond, bénéficiant rarement de visiteurs et encore moins au milieu de la nuit. Le directeur de la clinique les avait appelés pour toutes ces raisons, mais également parce qu'en vérifiant que tout allait bien, il avait découvert quelque chose de bizarre. On les avait accompagnés jusqu'à la chambre 81 — dans laquelle tout avait été laissé en l'état —, et ils se tenaient maintenant face à la jeune femme étendue sur son lit. Joshua fut à nouveau frappé par la blancheur de sa peau contrastant avec le noir de son épaisse chevelure. Elle semblait profondément endormie, le visage serein.

— La chaise, dit le médecin en pointant le fauteuil dans lequel Joshua s'était installé lors de ses visites. Elle n'était pas là en début de soirée. Les femmes de ménage nous l'ont confirmé ce matin.

Quelqu'un l'avait visiblement disposée de manière à se tenir non loin du visage de l'inconnue, comme pour lui parler. Mais il y avait autre chose...

— Ses mains..., dit Joshua.

— Oui, nous les plaçons toujours jointes sur la poitrine, ça fait partie du protocole.

Elle avait les deux bras le long du corps et sa main gauche était fermée.

— Cette contraction est étrange... et j'ai vérifié ses données prises en continu : il y a eu accélération du rythme cardiaque et de la pression artérielle pendant une courte période... Ça pourrait coïncider avec sa visite nocturne.

— C'est courant ? questionna Sybille.

— Non... mais ça peut arriver. Il faut bien comprendre qu'elle est dans un état dont il est difficile de quantifier le niveau de conscience. Elle ne donne aucun signe visible de lucidité avec son corps, mais ses organes internes peuvent le faire pour elle. Si elle a réagi de la sorte c'est forcément que quelque chose l'a sortie de sa torpeur. Une émotion très forte...

— La peur ou la douleur... Vous avez vérifié qu'il ne l'a pas touchée... Ailleurs, je veux dire.

Il y eut un moment de gêne alors qu'ils imaginaient tous le pire.

— Oui, elle n'a subi aucune forme de violence.

Joshua hésita quelques secondes puis se pencha vers elle pour lui saisir le poing.

— Je peux ? demanda-t-il au médecin qui l'observait.

— Allez-y.

Il prit la main de la jeune femme dans la sienne et commença précautionneusement à la manipuler. Elle rayonnait d'une chaleur douce et ses doigts étaient serrés avec une force étonnante.

— Je n'arrive pas à l'ouvrir, c'est normal ?

— En tout cas, c'est nouveau... La contraction musculaire est un signe d'activité cérébrale. Son état se modifie.

En inclinant délicatement la paume de sa main, Joshua aperçut une minuscule pointe lumineuse en son centre.

— Elle tient quelque chose !

Tous les regards se braquèrent sur lui dans un silence total, comme si tout l'air de la pièce venait de s'évacuer brutalement. Joshua n'osait par forcer, mais il devait savoir ce que contenait ce poing serré avec tant de vigueur. Quel secret l'inconnue de Naye essayait-elle de leur cacher malgré son état ? Quel mystère nourrissait cette force mentale capable de défier les lois biologiques du corps ? Il prit délicatement son petit doigt et tenta d'écarter les plis de sa chair pour saisir l'objet. Mission difficile tant son étreinte se resserrait autour de son trésor. *Allez, aide-moi, c'est aussi pour toi que je fais tout ça !* pensa-t-il très fort en forçant un peu plus. À cet instant, le poing se relâcha complètement, laissant apparaître une croix en argent.

— Nom de Dieu ! s'exclama Sybille. Elle est consciente !

Le médecin se pencha pour observer ses pupilles.

— Non… c'est un geste réflexe à mon avis.

— Cette croix… C'est forcément votre intrus qui la lui a donnée, murmura Joshua.

Il observait l'objet dont la surface semblait rongée par le temps.

— En tout cas on va demander une surveillance, dit Sybille en empoignant son téléphone portable. Et évite de mettre tes grosses paluches là-dessus ! Y a peut-être des empreintes !

Joshua posa la croix sur le rebord d'une desserte. Sybille avait raison, s'ils avaient une chance d'identifier le rôdeur, il ne fallait prendre aucun risque.

— Et même chose pour la chaise, personne n'y touche. Il a bien fallu la déplacer.

Elle composa le numéro du central et sortit de la pièce pour discuter avec les collègues du labo pendant que le médecin lui emboîtait le pas.

Joshua resta planté là, seul face à la jeune femme dont le visage exprimait toujours la même sérénité. *Qui est cet homme qui est venu te voir ?* Son estomac se contracta alors que le souvenir du passage à tabac émergeait dans sa mémoire. Était-ce le même que celui qui l'avait agressé ? C'est alors qu'il remarqua quelque chose sur le revers de la croix. Quelque chose d'infime, comme une griffure dans l'argent. Un poinçon de bijoutier ? Il se pencha et, après un mouvement de recul, s'approcha à nouveau pour vérifier qu'il n'avait pas une hallucination.

La croix était gravée de deux toutes petites initiales : C.A., Catherine Alexander…

40

Impossible de retrouver la trace de la petite croix en argent dans le dossier d'enquête Alexander. Joshua serrait entre ses mains la fameuse pièce à conviction A.2208 : une photo en noir et blanc où la jeune femme affichait un visage fatigué.

Elle se tenait en plan rapproché avec derrière elle un fond noir imprécis. En étudiant le cliché à la loupe, Joshua avait cru apercevoir une ombre ovale se détacher à l'arrière-plan, mais rien d'identifiable. De plus, une sorte de halo blanc, prouvant la présence d'une forte source lumineuse non loin de l'objectif, venait flouter l'ensemble pour le rendre encore plus énigmatique. Comment ce cliché pouvait-il avoir atterri dans la poche de l'inconnue de Naye ? Quel rapport entre ces deux femmes que rien ne semblait pourtant lier ? Joshua avait demandé qu'on envoie une photo de la croix à la famille Alexander pour vérifier son authenticité, mais il s'était heurté aux réticences de sa hiérarchie. Rouvrir l'enquête était une chose, alerter ses parents en était une autre et risquait d'attirer l'attention de la presse sur un dossier dont ils n'avaient pour le moment que peu d'éléments concrets à divulguer. En gros, il leur fallait un suspect pour sortir l'artillerie lourde. *Laisse-la ou je te tue !* La voix de son agresseur résonnait encore dans ses oreilles et il était persuadé que le même homme s'était infiltré dans la clinique pour venir placer la croix dans la main de leur inconnue. Mais tout ça ne reposait que sur des suppositions.

— On arrive, ma couille, lâcha Sybille en garant sa voiture sur le bas-côté.

Ils étaient dans la montagne, un peu au-dessus des Hauts de Caux, à mi-chemin du sommet du Rocher de Naye. D'innombrables pics couverts de neige encadraient le décor dont un ciel uniformément gris écrasait le relief.

— Ça caille encore plus que d'habitude ou c'est moi ? interrogea Sybille.

Joshua ne répondit rien, mais enfila, comme à son habitude, la capuche de sa veste par-dessus son bonnet en laine.

— Bon alors, d'après les gars, c'est pas trop loin, mais va falloir grimper à pinces.

Après leur visite à la clinique, Joshua avait insisté pour qu'ils se rendent à l'endroit où des touristes avaient découvert l'inconnue de Naye. Un saut rapide chez leurs collègues du poste montagne – la brigade spécialisée dans les incidents en haute altitude –, et ils s'étaient dirigés vers l'objectif avec la localisation précise sur leur GPS.

— T'en as pas marre de me suivre dans la montagne ? demanda Joshua en lui emboîtant le pas sur un petit chemin couvert de neige.

— T'es mon mec, non ? répondit Sybille sans même tourner la tête vers lui. Je déconne, hein ! ajouta-t-elle d'une voix morne.

Joshua se sentit mal à l'aise. Il voyait bien que Sybille était malheureuse de la relation merdique qui s'était instaurée entre eux depuis qu'ils avaient franchi la ligne de la simple amitié. Plusieurs fois, il avait voulu lui en parler pour clarifier la situation, mais il n'y arrivait pas. Peut-être qu'il avait peur de lui faire de la peine, ou simplement pas assez de courage.

— Là… faut tourner à droite, dit-elle en fixant l'écran de son téléphone portable. C'est juste en dessous.

Ils quittèrent le sentier pour rejoindre une courte piste serpentant entre deux petits talus recouverts de neige. Au bout de quelques mètres, une masse sombre émergea devant eux. Une minuscule chapelle, composée de quatre murs de béton, qui abritait une statue de la Sainte Vierge à la robe d'un bleu éclatant entourée de bougies dans une mare de cire. C'était ici que deux randonneurs avaient trouvé la jeune femme, recroquevillée sur elle-même et en état d'hypothermie avancée. La Vierge portait l'Enfant Jésus, qui arborait une couronne dorée sur le front. Joshua se dit que cela devait être une figure rassurante lorsqu'on était perdu, seul dans l'immensité de la montagne. Il imagina l'inconnue, la chair pétrifiée par ce froid intérieur qu'on ne ressentait qu'à l'approche de la mort. Elle se tenait là, regard tourné vers la Vierge et le visage souriant du Christ. Il pouvait sentir le désespoir, la colère, l'incompréhension, le refus… toutes ces émotions par lesquelles lui aussi était passé au moment de son accident. Lui avait eu la chance d'être sauvé à temps, juste avant de s'abandonner au silence définitif.

Elle était encore dans ces terres inconnues, à la frontière de la vie. *Tu es sa seule lumière...* Une voix surgie de nulle part, mais tellement forte et précise qu'elle aurait pu être la sienne, posa ces mots dans sa tête. Pourquoi lui ? Joshua n'était qu'un petit flic sans envergure, un simple être humain ballotté dans les flots de l'existence. Pas le plus talentueux, pas le plus intéressant. Il n'était pas l'élu, ni un superhéros. Il n'avait aucun pouvoir particulier pour la sauver, rien d'autre que sa volonté de faire éclater la vérité hors de l'abîme.

— Qu'est-ce qu'on fait maintenant ? chuchota Sybille entre le col de sa parka et les volants de sa capuche.

Joshua fixa une dernière fois le visage apaisé de la Sainte Vierge avant de se redresser pour observer les alentours.

À une cinquantaine de mètres en amont, il aperçut des marches en béton dont le sillon se perdait peu à peu dans la neige.

— On va par là.

41

L'escalier ne menait nulle part. Après une longue volée de marches, ils avaient simplement abouti sur un vaste promontoire battu par le vent, recouvert de neige et offrant une vue imprenable sur la vallée et le lac Léman. En levant le regard vers le ciel, ils apercevaient un piton en pain de sucre dont le sommet émergeait difficilement des nuages : le fameux Rocher de Naye. Le dénivelé les séparant des premiers contreforts était baigné dans une épaisse brume qui réduisait la visibilité à néant et leur donnait l'impression d'évoluer dans un décor en coton. Le vent glacé soufflait en bourrasques et Sybille se contorsionna pour boutonner le col de sa parka jusqu'au dernier cran.

— On se casse ? demanda-t-elle avec une note d'espoir dans la voix.

Joshua se sentait totalement impuissant. D'où l'inconnue avait-elle pu sortir pour arriver jusqu'à la chapelle ? Est-ce qu'on l'avait déposée là ? Mais dans quel but ? Il avança d'un pas assuré vers la brume, et Sybille le suivit avec un râle de mécontentement. L'épais nuage blanchâtre qui les entourait s'insinua dans leurs narines comme un voile humide et froid. Il y avait quelque chose d'organique et de sale dans ce halo de vapeur qui les mit mal à l'aise. Joshua posa ses mains en visière au niveau des yeux pour se protéger du vent. Il était suicidaire de continuer à évoluer dans cette chape de brouillard. La montagne comptait bon nombre de failles, de crevasses et d'à-pics menaçant à chaque pas de les engloutir définitivement. Alors qu'il allait faire demi-tour, une immense forme noire surgit de la brume. C'était une structure métallique massive et conique, comme les anneaux d'un serpent, formant une arabesque à une cinquantaine de mètres au-dessus d'eux. Joshua eut un mouvement de recul, comme s'il se retrouvait face à un animal sauvage prêt à bondir. Sybille leva la main pour lui montrer ce qui semblait être une grille dont les maillons contrastaient avec la blancheur irréelle dans laquelle ils évoluaient. Ils marchèrent prudemment jusque-là pour atteindre l'entrée d'un périmètre de sécurité. Un panneau indiquait : « Zone interdite, risque d'effondrement. » De là où ils se trouvaient, Joshua pouvait deviner plusieurs ruines métalliques semblables à celle qu'ils venaient d'apercevoir. Des poutres rouillées percées de vis énormes, des pitons de soutien en béton à moitié écroulés et, empilées dans un coin comme des dépouilles, des nacelles au profil effilé.

La piste de bobsleigh ! Voilà le corps pourrissant qu'ils étaient en train de contempler. Joshua sentit son rythme cardiaque s'accélérer alors qu'il retrouvait le lieu où Clovis l'avait mené avant de quitter son rêve.

« C'est le moment de se dire adieu… Alors adieu et merci pour tout ce que tu fais pour nous », avait-il dit en embarquant dans son wagonnet. Et voilà que Joshua se trouvait à nouveau là, ça ne pouvait pas être un hasard. Il s'avança vers la grille et remonta jusqu'à une porte dont les gonds étaient couverts de stalactites. Joshua posa ses mains sur les mailles et tira de toutes ses forces pour l'ouvrir. Dans ce cimetière de béton et d'acier se cachait peut-être la réponse à ses questions. Mais la clôture ne bougea que de quelques centimètres avant de se heurter à une épaisse chaîne à laquelle pendait un cadenas de sécurité. Joshua força encore et encore pour tenter de le faire céder, sans y parvenir.

— Qu'est-ce que tu fous ? demanda Sybille en venant le rejoindre.

— Faut qu'on aille inspecter ça.

— Maintenant ? En plein brouillard ?

— C'est ici que je venais au moment où j'ai été pris dans l'avalanche. Regarde, on est juste en dessous de Naye, précisément là où André Létai m'a retrouvé. Je suis certain qu'il doit y avoir un sentier là-haut.

— Mais qu'est-ce que tu venais faire là ?

— Exactement ce qu'on fait maintenant ! Je devais chercher à comprendre d'où vient la fille de la clinique. Il faut qu'on entre à l'intérieur de ce chantier !

— Et tu comptes t'y prendre comment ?

Ils n'avaient pas pensé à emmener quoi que ce soit qui puisse les aider à ouvrir cette porte et il était inutile d'espérer briser ces chaînes sans matériel. Joshua longea la grille sur une dizaine de mètres et remarqua un petit sentier montant vers le sommet de ce qui semblait être une colline. Tout en haut, la silhouette sombre d'un bâtiment abandonné se dressait comme une tour de guet. Il reconnut immédiatement le local de son rêve, celui où Clovis et lui s'étaient changés. Et à ce moment, il sut que la résolution de toute cette affaire se trouvait quelque part dans le passé de ce lieu qui reliait désormais son propre destin à celui de l'inconnue de Naye...

42

Le retour jusqu'au centre d'intervention de Vevey s'était effectué dans un silence d'église. Encore une virée en montagne dont il revenait bredouille et la frustration commençait à s'accumuler. Installé à son bureau, les yeux braqués sur l'écran de son ordinateur, il cherchait à trouver des informations sur le chantier. La piste du Pain de Sucre était abandonnée depuis sa destruction partielle en 1943. Plusieurs repreneurs s'étaient proposés pour la réhabiliter avant de définitivement laisser tomber le projet jugé trop onéreux. Elle était donc en décrépitude depuis un demi-siècle, mais, le terrain étant privé, le canton n'avait pas pu ordonner sa démolition. En poussant un peu plus ses recherches, Joshua avait finalement découvert le nom de la société en charge de ce cimetière alpin – Adexpa Sécurité –, et s'était fendu d'un appel. La standardiste avait eu le plus grand mal à lui trouver un responsable capable de lui donner quelques bribes d'information tellement ce lieu semblait oublié de tous.

— J'avoue que je n'y ai jamais mis les pieds, lui avait dit un certain M. Adamson. On avait déjà ce contrat bien avant mon arrivée dans la boîte et ça remonte à presque vingt ans !

— Mais en quoi consistent vos services sur ce chantier, exactement ?

— Uniquement du gardiennage. Et encore... Les factures nous reviennent régulièrement impayées.

— Donc vous le laissez en l'état, point barre.

— Le site est sécurisé par des clôtures, on ne peut pas faire grand-chose d'autre de toute façon. Particulièrement pendant l'hiver.

— Et qui sont les propriétaires ?

— Un promoteur immobilier... il avait fait l'acquisition de ces ruines en pensant les raser pour y construire un complexe hôtelier.

— Et ?

— La zone se trouve en dessous du Rocher de Naye, elle est infestée de marnières à cause des mines qui partent vers la montagne. Un vrai gruyère totalement inconstructible ! C'est déjà dingue qu'ils aient posé cette piste à un endroit pareil. J'imagine que les normes de sécurité n'étaient pas les mêmes à l'époque.

Joshua n'avait rien pu en tirer de plus et, après avoir raccroché, il s'était levé pour rejoindre le petit coin cafétéria au centre de l'open space. Une tasse de café à la main, il observait ses doigts dont les extrémités semblaient plus rouges que le reste des phalanges. Les engelures avaient totalement disparu et il ne conservait quasiment aucun signe de son séjour sous la neige, hormis la sensation de froid qui ne le quittait que rarement. Sa mémoire elle-même lui donnait l'impression d'être moins décousue, comme si le processus de reconstruction marchait au ralenti mais dans le bon sens. Il ne se rappelait toujours pas les moments précédant sa chute mais il avait désormais une bonne idée des événements antérieurs. D'abord la découverte de l'inconnue de Naye, puis son enquête sur la disparition de Catherine Alexander jusqu'à cette fameuse randonnée en montagne pour se rendre à la chapelle où ils étaient quelques heures plus tôt. Il ne lui restait plus qu'à combler l'espace mémoriel entre cette balade et la coulée de neige qui l'avait emporté. Et entre les deux se trouvait la piste de bobsleigh de son cauchemar.

— Ça va ?

La voix de Sybille le sortit de son marasme et il manqua de renverser du café sur sa chemise.

— Oui...

Elle l'observait avec ses petits yeux plissés comme si elle cherchait à scruter le fond de son crâne. Ses cheveux avaient frisé sous l'effet de l'humidité et quelques boucles blondes lui tombaient sur le front. *Elle est jolie*, se dit Joshua comme s'il la voyait pour la première fois. Comment pouvait-on travailler des mois, voire des années avec des gens sans les regarder vraiment ? Sans doute est-il plus facile que les autres restent des étrangers.

— T'es sûr que ça va, crevette ? Tu ne vas pas nous refaire un malaise ?

Malgré ses efforts, Joshua n'arrivait pas à déconnecter son esprit et à couper le flot de ses pensées. Il fut sauvé par un brusque éclair qui déchira le ciel juste au-dessus du lac, attirant l'attention générale.

— Cette fois, c'est la bonne ! lança Harry depuis son bureau situé contre la baie vitrée sud.

— Ouais, continua Sybille, il paraît que cette foutue tempête va finalement pointer ses fesses jusqu'ici. On n'en a plus pour longtemps, un jour ou deux maximum.

Joshua leva les yeux vers l'extérieur pour observer la ligne d'horizon et le panorama des montagnes. Le ciel noir et gris se reflétait sur le lac dont les flots semblaient plus démontés que jamais. Son esprit devait ressembler à ça. Un chaos de souvenirs effacés, d'hypothèses et de doutes au milieu duquel il se débattait toutes rames dehors dans sa petite embarcation. Il n'aspirait qu'à une eau paisible et à un temps clair, mais il savait très bien que le soleil ne reviendrait pas avant d'avoir résolu le mystère Catherine Alexander.

43

Un froid intense mordait la chair de son dos. Il avait l'impression d'être allongé nu sur la surface d'une patinoire. *Je ne veux pas être ici,* lança son esprit comme une balise de détresse perdue au milieu d'un océan en furie.

Joshua était étendu sur le carrelage d'une immense cuisine. *Tout est si réel !* Et il avait raison… le moindre élément du décor qui l'entourait semblait exister – *véritablement exister !* Cette cuisine avec ses placards en inox, ses plans de travail, sa hotte et son îlot central où trônait une pile de casseroles, tout cela était réel à en crever. Comment son esprit était-il capable de créer un tel environnement ? À partir de ses souvenirs ? À partir d'images recomposées, de lieux perdus dans le labyrinthe de ses synapses ? Ou bien tout cela n'était qu'une projection fantasmée et incomplète ? *Non, ce lieu existe, je le connais.* Et pour cause, ce lieu c'était le *Bellevue Grand Palace,* ou plutôt l'*Avalanche Hôtel,* et Joshua avait parfaitement conscience qu'il était en train de rêver. *Je me réveille quand je veux,* se dit-il en s'appuyant sur les coudes pour décoller son dos de l'étreinte glacée. Il se trouvait dans les cuisines du palace, lieu qu'il avait traversé plusieurs fois dans son monde onirique, mais également dans la réalité. Il n'avait aucune idée de la raison de sa présence ici, les rêves avaient cette particularité de ne jamais se révéler facilement. Joshua décida de se lever pour explorer un peu plus loin le film de son imagination. Tout était silencieux autour de lui, silencieux et froid. Il tenta d'activer l'interrupteur des plafonniers, histoire de donner un peu de chaleur à cet univers glacé, mais ils ne fonctionnaient pas. Il se dirigea d'instinct vers le fond de la cuisine et découvrit une porte menant aux couloirs de service. À une dizaine de mètres, se trouvait la réserve dans laquelle il avait aperçu le visage de Clovis et entamé son voyage vers la piste du Pain de Sucre. Il se mit en route, à moitié conscient que l'étrange halo bleuté qui éclairait ses pas ne provenait d'aucune source lumineuse identifiable. Ce n'est qu'en posant la main sur la poignée qu'il comprit que c'était lui qui dégageait cette clarté froide. *Je suis un fantôme*, gémit son esprit. La porte s'ouvrit en grinçant et Joshua se retrouva face au même décor que lors de sa précédente visite. C'était une simple réserve avec ses étagères encombrées de cartons. La trousse à pharmacie se trouvait à sa place, ainsi que le calendrier où il avait découvert pour la première fois la date de disparition de Catherine Alexander : 5 janvier 1980.

Sauf que cette fois le calendrier avait changé d'année : 1981. 81… le nombre résonna dans sa tête comme le tintement insupportable d'une cloche. La date du 23 mars était entourée au marqueur noir et quelqu'un avait dessiné deux cœurs sombres dans la case correspondante.

Deux cœurs, deux hirondelles... Association d'idées sans signification apparente.

23 mars 1981, que pouvait signifier cette date ? Il y eut un bruit de casserole dans son dos, et Joshua sursauta, le corps parcouru par une brusque décharge d'adrénaline. Elle se tenait juste derrière lui, le visage à moitié dissimulé dans l'obscurité du couloir. Dans son costume de femme de ménage, Isabelle Ternier semblait encore plus âgée que lors de leur dernière entrevue. Ses traits étaient figés dans une sorte de rictus douloureux, comme si elle n'était pas vraiment consciente de sa présence. Elle avait les yeux brillants et des larmes coulaient lentement sur ses joues. Joshua tenta de lui parler mais aucun son ne réussit à sortir de sa bouche. Lorsqu'il se rapprocha, la silhouette d'Isabelle recula dans l'obscurité jusqu'à disparaître totalement. Une fraction de seconde avant que son visage ovale ne s'évapore dans le noir, elle le fixa en esquissant un sourire. Joshua se sentit alors heurté par une vague de chaleur intense et le froid le quitta en même temps que sa mystérieuse visiteuse. Il lui fallut quelques secondes pour profiter de la sensation de plénitude de ce sourire. Puis la sonnerie d'un téléphone le ramena à la réalité chimérique de son expérience. Une sonnerie sourde, comme amoindrie par un obstacle. Il comprit que le téléphone en question devait se trouver dans l'une des boîtes empilées sur les étagères qui l'entouraient. Avec une frénésie animale, Joshua ouvrit les cartons et renversa des kilos de dossiers d'enquêtes un peu partout dans la pièce. Il n'était plus à l'*Avalanche Hôtel*, mais dans les entrailles du poste de Vevey, là où il avait découvert l'existence de l'affaire Catherine Alexander. Il ne fut pas étonné de comprendre que la sonnerie provenait du carton daté de 1980, celui-là même que Sybille avait trouvé lors de leurs fouilles dans le monde réel. Il déchira le volet supérieur avec rage et se trouva face à un téléphone portable, son téléphone portable, dont l'écran clignotait.

— Qui est-ce ? demanda-t-il en collant l'appareil contre son visage.

Mais son interlocuteur avait déjà raccroché et l'icône « Message » s'affichait en page d'accueil. Joshua rappela instantanément le répondeur et entendit la voix d'Isabelle Ternier.

— Venez vite... il faut que je vous parle, disait-elle avec angoisse avant de couper.

Et il se réveilla en sueur, recroquevillé sur le côté de son lit. Alors qu'il se massait les tempes pour essayer de retrouver ses esprits, il sentit un petit frémissement contre sa jambe. Son téléphone portable se trouvait là et l'icône Message lui confirmait qu'il n'avait pas totalement rêvé.

44

Le panneau « Bernier ex-hameau de la Rouxte » traversa le faisceau lumineux des phares de sa voiture. Joshua n'avait pas hésité une seconde. Après son réveil en sursaut et le message sur son répondeur, il s'était mis en route sans prendre la peine de prévenir Sybille. Isabelle Ternier était la pièce maîtresse d'un édifice dont il n'apercevait encore que les contours. Il y avait de l'urgence dans sa voix, de l'urgence mais également autre chose : de la peur. Seul dans la montagne au milieu des ténèbres, Joshua sentait lui aussi cette peur s'infiltrer doucement par tous les pores de sa peau. C'était une nuit sans lune. Une nuit dont n'émergeaient que les silhouettes effilées des sapins, sentinelles noires penchées vers l'unique accès de ce coin perdu. Au loin, l'obscurité s'épaississait encore alors qu'il s'approchait du hameau. La montagne surgissait du sol comme un totem opaque absorbant la moindre parcelle de lumière. Joshua frissonna en apercevant les contours du pavillon délabré collé contre la paroi en pierre sombre. Il ralentit pour venir se garer non loin du portail et observa les alentours. Rien ne se détachait du monde d'onyx ayant avalé le village de la Rouxte. Une fois ses phares éteints, il serait livré à lui-même dans le néant de cet abysse montagneux. Il fouilla dans la boîte à gants pour récupérer la Maglite dont il s'était équipé avant de partir et vérifia que son arme était bien à sa place et correctement chargée. Il y avait comme un sentiment de danger flottant dans l'air. Ce n'était pas seulement la nuit et l'ambiance morbide de ce hameau décharné. Joshua sentait une menace tapie quelque part dans le flot noir qui l'entourait. Il aurait dû appeler Sybille, ne serait-ce que pour lui donner sa position au cas où… Mais une force plus grande que sa raison le poussait à se jeter dans la gueule du loup. Il coupa le contact et ouvrit la portière. Un froid glacial le saisit immédiatement à la gorge. Ses doigts commencèrent à picoter et son cœur se mit à battre la chamade alors que ses pieds s'enfonçaient dans vingt centimètres de neige fraîchement tombée. *Tu vas mourir ici*, dit une voix dans le fond de sa tête. Il chassa cette idée et décida de se diriger vers le portail aussi vite que possible. Le faisceau de sa lampe était l'unique garde-fou le séparant du monde des ombres. Rien ne perçait l'obscurité de la montagne. Il avait beau lever les yeux vers le ciel pour chercher un quelconque espoir, les étoiles avaient disparu et plus rien ne semblait exister à part les ténèbres. La présence du pavillon se rapprocha en face de lui et sa lampe torche accrocha la façade à quelques mètres seulement. Et si tout cela n'était que dans sa tête ? Peut-être qu'il rêvait encore ? Il avait bien passé des heures à arpenter les couloirs de l'*Avalanche Hôtel*. Il y eut un craquement sourd sous ses pieds et il pointa machinalement le faisceau vers le sol. Le visage blafard de la poupée se trouvait là et le poids de sa botte avait éclaté le plastique. Un œil bleu manquait et l'autre fixait Joshua avec un air mauvais. Non, il ne rêvait pas… c'était trop réel. Il continua à avancer jusqu'à l'entrée du pavillon d'Isabelle Ternier. Joshua leva la main pour frapper et constata que la porte était entrouverte. Personne ne laissait sa porte comme ça la nuit, encore moins avec le froid glacial qui s'engouffrait à l'intérieur. Une lumière rouge s'alluma au fond de son crâne et il porta la main à sa ceinture pour sortir son arme. La menace était réelle mais il était impossible de faire demi-tour. Derrière cette porte, se trouvaient les réponses à ses questions. Il posa ses doigts sur le panneau et les gonds commencèrent à grincer. Le salon était plongé dans le noir, mais une lueur bleue diffuse se répandait devant lui, comme si elle émanait du sol. Joshua avança prudemment, un pied après l'autre, scrutant les angles morts avec sa lampe. Le bric-à-brac d'objets rendait sa progression difficile. Quelqu'un aurait pu facilement se cacher derrière n'importe quel meuble sans qu'il réussisse à l'apercevoir. Face à lui, se trouvait le canapé en velours rouge, et son regard passa par-dessus la banquette pour découvrir la source lumineuse. C'était une veilleuse d'enfant, un cylindre de papier décoré comme un carrousel. Joshua aperçut les petits chevaux dessinés grossièrement tournant lentement au rythme d'un antique mécanisme. *Je connais cet objet !* se dit-il en découvrant les détails à mesure qu'il avançait. C'est alors qu'il prit conscience de la présence d'un corps juste à côté de lui. Isabelle Ternier était allongée sur le sol au pied d'une table basse. Face contre terre, le voile blanc de ses cheveux formait une corolle morbide sur le tissu rouge d'un coussin posé sous sa tête. Elle avait un bras sous la poitrine, l'autre était recroquevillé au-dessus d'elle dans un angle contre nature. Joshua eut un mouvement de recul et heurta une desserte qui lui fit perdre l'équilibre. Dans sa chute, il lâcha la lampe qui roula jusqu'au corps. Alors qu'il tentait de se redresser, Joshua aperçut le visage blafard d'Isabelle Ternier. Ses yeux suintaient la peur et sa bouche était encore ouverte en un rictus de terreur. Elle était morte et ce n'était certainement pas un accident.

45

Le CURML de Lausanne ressemblait à une boîte bleu clair posée sur un tapis de neige. C'était dans ce centre universitaire de médecine légale que travaillaient la plupart des légistes en corrélation avec les équipes de la police cantonale vaudoise. Isabelle Ternier y avait été transportée à l'aube et se trouvait désormais sous le scalpel et la scie du médecin. Elle avait perdu toute identité physique pour devenir une énigme de chair et d'os dont il fallait essayer d'extraire une pièce de puzzle qu'on essaierait ensuite de relier à de nombreuses autres pour comprendre ce qui avait pu se passer dans ce pavillon isolé. Joshua patientait dans une grande salle aux murs blancs et aux portes peintes en bleu où étaient disposées une série de chaises.

Il détestait les autopsies au point de n'avoir jamais réussi à y assister sans vomir ses tripes au bout de quelques minutes. Du coup, il s'était résigné à laisser ses collègues faire le sale boulot, tant pis s'il passait pour une poule mouillée. Sybille n'était pas encore arrivée, elle préférait profiter de ce temps de latence pour se rendre au central de Vevey et collecter le plus d'informations possible sur la victime. À cette heure matinale, personne ne venait troubler le calme de la salle d'attente, et Joshua luttait pour ne pas fermer l'œil tant la fatigue commençait à s'accumuler. Il avait l'impression que plusieurs mois s'étaient écoulés depuis son accident tellement les choses s'étaient enchaînées à un rythme effréné. Pourtant l'hiver n'en finissait pas, tout comme cette tempête qu'on annonçait imminente depuis une éternité. Le temps s'étirait, semblable aux souvenirs dans sa mémoire. Des petits chevaux peints en jaune défilaient devant ses yeux comme la bobine d'un film auquel il manquait les séquences clés. Isabelle Ternier, la première personne à lui avoir dispensé de l'amour après son arrivée à l'orphelinat, venait de mourir seule dans la montagne. Et elle l'avait appelé ! Peut-être même que Joshua était le dernier à avoir entendu le son de sa voix ? Peut-être que l'assassin était déjà chez elle lorsqu'elle lui avait laissé un message sur son répondeur. Pourquoi lui ? Que voulait-elle lui dire exactement ? Et surtout, quel rapport avec Catherine Alexander et ce foutu palace pourrissant sur les hauteurs de Montreux ?

Il y eut un bruit de porte et Joshua vit un homme en blouse bleue avancer dans sa direction.

— Lieutenant Auberson ?

— C'est moi.

— On ne se connaît pas, je suis le docteur Christian Lapierre. D'habitude je bosse plutôt au CHUV, mais j'étais en disponibilité, alors... on ne refuse pas un client !

Joshua fixa le visage du médecin légiste et se dit que malgré son jeune âge – il ne devait pas avoir plus de trente ans – ses traits étaient déjà marqués par cet air un peu perché que peuvent avoir les gens de sa profession. Après tout, il passait plus de temps avec les morts que les vivants, il y avait de quoi se sentir différent.

— Donc après examen je peux vous dire qu'elle est décédée aux alentours de 2 heures du matin et à en juger par l'état de son larynx il est facile de conclure qu'elle est morte étranglée.

— Pas d'autres traces de violence ?

— Aucun signe de lutte. Je dirais que la pression a été rapide et puissante. Il y a quelques lésions au niveau du cou qui suggèrent que l'agresseur doit avoir une sacrée poigne. Il a visiblement des mains de géant.

— Aucun ADN ?

— Rien. Il portait certainement des gants.

Joshua se remémora l'agression dont il avait été victime lors de sa visite sur la tombe de Catherine Alexander. L'homme était grand et, dans son souvenir, ses mains ressemblaient à de véritables battoirs.

— Je vais rédiger mon rapport détaillé et vous l'envoyer au poste de Vevey, c'est bon pour vous ?

Joshua inclina la tête, perdu dans ses pensées. D'abord miss Delhane dans sa maison de retraite et maintenant Isabelle Ternier… Ça commençait à faire beaucoup de victimes autour de la disparition de Catherine Alexander. Le médecin lui serra la main avant de retourner à la salle d'autopsie et Joshua se dirigea vers la sortie, saluant au passage l'infirmière de garde. C'est alors que la porte du CURML s'ouvrit brutalement pour laisser passer la grande carcasse de Sybille.

— Alors ? demanda-t-elle sans même dire bonjour.

— Mort par étranglement, à peu près à l'heure où elle essayait de me joindre.

— Faut que je te raconte un truc…

Sybille avait baissé la voix comme si elle s'apprêtait à lui révéler une information ultra-confidentielle.

— J'ai récupéré son dossier d'état civil pour voir si on pouvait retrouver sa famille.

— Et ?

— Tu sais comment elle s'appelle ? Isabelle Ternier-Létai. Ça ne te dit pas quelque chose ?

— Le guide ?

— Ouais… J'ai vérifié, Joshua… Le mec qui t'a sauvé la vie… c'est son fils ! Mais il a pris le nom de son père.

— Qu'est-ce que ça veut dire ?

— Le gars qui t'a attaqué et celui que l'infirmier a vu rôder dans la chambre de l'inconnue, tu te souviens de la description ?

— Grand avec une cagoule noire et des gants.

— Un peu le gabarit d'André Létai, non ?

— C'est léger, non ? Ce mec m'a sauvé la vie, pourquoi il m'aurait attaqué au cimetière et surtout pourquoi il aurait tué sa propre mère ?

— Léger ouais, mais on devrait lui rendre visite…

46

— Putain, c'est pas vrai ! gémit Sybille en observant le contenu d'un des classeurs soigneusement rangés sur une étagère du bureau d'André Létai.

Ils s'étaient rendus directement à son chalet en embarquant Harry et Raymond au cas où ça tourne mal. Ils avaient mis leurs gilets pare-balles, sorti leurs armes, et une voiture bloquait l'allée pour éviter toute possibilité d'évasion. Mais André n'était pas chez lui, pas plus que son chien Anchise, et ils avaient fait sauter le verrou sans autre formalité. Normalement, ça leur aurait coûté un peu de paperasse, mais étant donné la proximité qu'il avait avec la victime et les soupçons pesant sur ses épaules, ils s'occuperaient de la procédure plus tard. Il leur avait fallu explorer la maison de fond en comble pour découvrir cette petite pièce dont l'accès se faisait par un trou dans une cloison masquée derrière une armoire. C'était une sorte de bureau, sans fenêtre ni aération, dans lequel s'accumulaient des cartons de vêtements – essentiellement féminins –, quelques caisses en plastique contenant des produits d'entretien et une table d'écolier en bois sur laquelle étaient alignés plusieurs classeurs.

— Bordel, tu peux y croire, à ça ?

Sybille lui tendit une série de feuilles sur lesquelles des articles de presse étaient soigneusement collés et archivés par date. Sur la plupart, on apercevait le visage de Catherine Alexander, la silhouette imposante du *Bellevue Grand Palace* et des gros titres du genre : « Disparition dans la montagne : où se trouve la petite Catherine ? » André Létai conservait visiblement la moindre information concernant l'affaire Alexander et cette collection morbide le rendait d'autant plus suspect. La pièce ne mesurant pas plus de cinq mètres carrés, Harry et Raymond étaient restés à l'extérieur pour fouiller les autres parties de la maison. Joshua commença à ouvrir les caisses de vêtements ; il y avait plusieurs tailles et ils étaient classés par âge.

— Y a de quoi habiller un bébé ! fit remarquer Sybille en lui montrant une pile de grenouillères roses et bleues usées jusqu'à la corde.

Il plongea la main dans un carton et déballa son contenu sur le sol avant de faire de même avec le suivant.

— Ça ne te rappelle rien, ça ? demanda Sybille en pointant du doigt un tee-shirt noir taille adulte avec un logo « *I'm a cat* » et deux yeux ronds aux pupilles jaunes.

— C'est le même motif que sur le sweat porté par l'inconnue de Naye, non ?

— BINGO ! On l'embarque, dit-elle en saisissant le tee-shirt pour le mettre de côté.

— Mais ça veut dire quoi, bordel ?

— Que ce mec est un vicelard. Il avait quel âge quand la petite Alexander a disparu ?

214

— J'en sais rien, je dirais dans les vingt ans ?

— Et sa mère bossait au palace... C'est cousu de fil blanc ! On le tient, ce salaud. Mais Alexander n'est peut-être pas la seule... Dieu sait combien il en a pris depuis le temps.

— Pour les séquestrer ? Ici ?

— Va falloir fouiller le jardin, y a peut-être un sous-sol. On va sûrement trouver des horreurs.

— Mais pourquoi des affaires de bébé ?

Sybille ne répondit rien et durant le long silence qui suivit, tous les deux sentirent une sueur froide leur parcourir le corps. Joshua avait l'impression de découvrir une nécropole dont ils allaient devoir exhumer des tonnes d'ossements. La vérité avait un prix. Son regard accrocha un carton de taille plus réduite dans un angle de la pièce, et il aperçut une série de magazines et de BD datant des années 80. Sur l'une d'elles se trouvait un chat portant une casquette de détective et tenant une canne à la main. *Chaminou*... la BD de son enfance était là au milieu de toutes ces affaires destinées à Dieu sait quelles victimes innocentes. Sa mère lui avait dit qu'Isabelle Ternier la lui avait offerte et elle provenait sans doute de cette même pile. Un flot d'émotions contradictoires bouillonnait dans le crâne de Joshua. Était-ce le lien qu'il avait avec Catherine Alexander et l'inconnue de Naye ? Ce simple objet lui avait-il transmis la douleur de ces femmes dont il devenait évident qu'elles étaient des victimes d'André Létai ? Isabelle était-elle au courant ? Et puis il y avait l'avalanche et son cauchemar dans les couloirs du palace. André Létai l'avait sauvé d'une mort certaine... pourquoi aurait-il voulu le tuer un peu plus tard dans le cimetière ?

— Tu tiens le coup ? murmura Sybille en se rapprochant de lui. Tu devrais sortir, je vais terminer toute seule.

— Non, répondit Joshua. On va coincer ce salopard ensemble.

Ils échangèrent un sourire avant de reprendre leurs recherches. Oui, la vérité avait un prix mais Joshua était prêt à le payer.

47

La tempête était là. Depuis la grande baie vitrée du centre d'intervention de Vevey, Joshua se trouvait aux premières loges. Un flot de nuages noirs avançaient au-dessus du Léman comme une armée prête à en découdre. Cette masse sombre s'illuminait au rythme des éclairs dont les coups de scalpel formaient des lignes éphémères quadrillant le ciel. Le vent s'était levé au moment où ils avaient quitté la route grimpant à flanc de montagne pour rejoindre les Hauts de Caux. Pendant l'avis de tempête, tout transport ferroviaire allait cesser entre Montreux et le Rocher de Naye et la circulation deviendrait difficile à cause des fortes tombées de neige attendues dans la foulée. Impossible d'imaginer pires conditions pour entamer une chasse à l'homme. Particulièrement quand cet homme se trouvait être un spécialiste de la haute montagne. Ils avaient ramené du chalet pas mal d'éléments dont la mise sous scellés commençait à s'effectuer – tout le service s'activait pour donner un coup de main. Chaque vêtement, chaque objet suspect serait identifié et classé avant de passer sous le microscope des techniciens du laboratoire d'analyse à la recherche de traces exploitables. Joshua avait hérité de deux grosses caisses contenant de la paperasse administrative. Relevés de compteur électrique, factures diverses, courriers bancaires, il allait lui falloir des heures pour dresser le profil d'André Létai. Depuis leur retour, Sybille n'avait pas levé le nez de l'album souvenir archivant toutes les coupures de presse. Le portable collé à l'oreille, elle notait par intermittence des éléments sur son carnet.

— C'est lui ! lâcha-t-elle en posant son téléphone. J'ai vérifié les dates. Isabelle Ternier travaillait bien au palace en 1980, il avait tout juste dix-huit ans quand la petite Alexander a disparu.

— Ça ne prouve rien, répondit Joshua, délaissant quelques minutes sa pile de factures.

— Je viens de raccrocher avec Sylvain Lieber. Il se souvient très bien du jeune André. Il ne l'avait pas auditionné à l'époque, mais il figurait sur la liste des extras recrutés pour filer un coup de main pendant l'hiver.

— Ça veut dire qu'il travaillait lui aussi au palace ?

— Ouais. Sa mère a dû le pistonner. D'après Lieber, il devait bosser aux cuisines.

Joshua frissonna en revoyant les images de son dernier cauchemar. Il s'était réveillé sur le sol glacial des cuisines de l'*Avalanche Hôtel*. Est-ce que ça pouvait avoir un lien ?

— Par contre Lieber avait interrogé Isabelle Ternier et il se souvient qu'elle était particulièrement choquée par la disparition de Catherine Alexander. Ce n'était pas la seule employée dans cet état, mais, même après plus de trente ans, il s'en rappelle encore.

— Tu crois que ça peut avoir un rapport avec son fils ? Elle aurait été au courant de quelque chose depuis le début ?

— J'en sais rien, crevette... Mais André bossait à l'hôtel, il a sûrement dû croiser la fille Alexander plusieurs fois. Une jolie fille de son âge avec des parents pleins aux as... Et puis, Isabelle Ternier t'a appelé le soir où elle a été tuée. Elle voulait te dire quelque chose... Le secret était peut-être devenu trop lourd à porter.

— Et l'inconnue ? Quel rapport avec cette affaire ?

— Peut-être qu'il a recommencé avec une autre fille mais qu'elle a réussi à s'enfuir.

Joshua détourna le regard, reportant son attention sur le chaos de nuages qui s'approchait de la ville. Toutes les hypothèses de Sybille sonnaient juste. André Létai, ce géant montagnard au physique d'ours polaire, pouvait aussi correspondre à son agresseur et au visiteur nocturne de l'inconnue de Naye. « Laisse-la où je te tue » : les mots résonnaient encore dans sa tête. Et pour cause. André devait savoir que l'affaire Alexander était le seul moyen de remonter jusqu'à lui. Mais deux points restaient obscurs. Pourquoi avoir pris le risque de se rendre à la clinique pour déposer le crucifix dans la main de cette femme ? Et pourquoi lui avoir sauvé la vie ? Cette avalanche qui l'avait emporté était-elle seulement un hasard ? Létai aurait très bien pu la déclencher lui-même ! Et venir le secourir dans la foulée pour se placer au-dessus de tout soupçon. Joshua était peut-être sur le point de le démasquer ? C'était gros, mais ça se tenait.

Il se massa les tempes pour calmer le flot névrotique d'hypothèses qui lui surchargeait le cerveau. C'est alors que ses yeux accrochèrent une fiche de paie dont le papier à en-tête portait les initiales A.S. Ces deux lettres résonnaient comme une évidence. Elles correspondaient à quelque chose qu'il connaissait ou qu'il avait vu récemment, mais quoi… A.S… *Adexpa Sécurité*… la société de gardiennage qui gérait la surveillance de la piste de bobsleigh.

— Bordel ! s'exclama-t-il.

— Qu'est-ce qui se passe ?

— Il a bossé sur le site de la piste de bobsleigh ! Agent de sécurité ! Il était agent de sécurité ! Bordel !

Dans la tête de Joshua, une pièce de puzzle venait de s'emboîter parfaitement.

— Ça veut dire quoi ?

— Ça veut dire qu'il va falloir retourner dans la montagne tout de suite avant qu'ils ferment les routes !

48

Des bourrasques de vent glacial soulevaient des nuées de neige qui venaient se coller contre la visière de leurs casques. Joshua et Sybille luttaient contre les éléments pour atteindre le grillage, dont les hommes de la colonne de secours s'activaient à cisailler le cadenas. Il y avait là une douzaine de gendarmes réduits à de simples taches noirâtres dans la tempête. Un peu plus haut, parmi les débris en ferraille, Joshua aperçut la silhouette furtive de Yuna, la chienne saint-hubert menée par un officier de la brigade canine. « Un animal exceptionnel ! lui avait expliqué son maître. Capable de suivre une piste sur plusieurs kilomètres pendant des heures et spécialisé dans la recherche de personnes. » André était lui aussi un spécialiste de la montagne, et c'était pour cette raison que Joshua avait convaincu son boss de mettre le paquet. La police scientifique continuait de fouiller sa maison. Il n'avait nulle part où aller hormis cette immensité glacée qu'il connaissait si bien. Leurs raquettes soulevaient un tapis de neige et ils s'efforçaient de bien plier les genoux pour rendre la progression plus facile. Arrivés en bas de la pente, ils seraient obligés de les quitter pour entamer l'ascension jusqu'aux bâtiments en béton se dressant au sommet du site. Joshua entendit un bruit sourd derrière lui alors que Sybille manquait de s'étaler la tête la première. Elle réussit à se rétablir en grognant et reprit sa pénible marche. Encore quelques mètres et ils arrivèrent au bas de la colline dont émergeaient des boyaux en acier, comme les ossements d'une créature gigantesque mis à jour par le vent.

— Fais gaffe où tu poses les pieds, dit-il en se retournant vers sa coéquipière.

— Sans blague !

Et ils commencèrent à grimper, pliés en deux pour conserver leur équilibre sur cette neige transformée en verglas. Joshua sentit ses muscles se raidir. Une sueur glacée imbibait sa combinaison. Sa visière se remplit de buée et il eut bientôt l'impression d'évoluer dans un monde uniformément jaune pâle dont il ne décelait plus aucune aspérité, aucun relief. Sybille le dépassa et il fixa sa silhouette massive grimpant difficilement vers le sommet. À quelques mètres de lui, un rail émergeait de la neige et formait un curieux arrondi avant de plonger à nouveau dans les entrailles de la montagne.

— Je fais une pause ! hurla-t-il, mais Sybille avait déjà disparu dans ce désert de glace.

Seul au milieu de la tempête, Joshua refoula l'angoisse qui montait à mesure que les sensations de son avalanche affluaient dans les synapses de son cerveau. Malgré les trois épaisseurs de gants, il ressentit des picotements au bout de ses doigts et son cœur commença à battre la chamade. *Tu comptes jusqu'à 20 et tu pousses, d'accord ?* dit la voix de Clovis dans sa tête. *Jusqu'à 20, pas un de plus !*

Il fallait lutter contre l'envie de rester là et de se laisser emporter par la fatigue. Un petit moment de repos, juste quelques minutes, il pourrait fermer les yeux et s'abandonner au sommeil... *Y a des choses qui doivent être faites à des moments précis !* hurla la voix du géant dans ses oreilles.

Joshua sortit de sa torpeur et commença à gravir la pente. 1... 2... 3... 4... Les muscles de ses cuisses se contractaient dangereusement, mais il ignora la douleur. 5... 6... 7... 8... Il aperçut sur le côté une forme conique se dresser hors de la neige, le wagonnet en acier dans lequel il était monté lorsque son esprit l'avait mené dans ce lieu. 9... 10... 11... 12... 13... Un son étouffé venait du ciel, comme les cris de colère d'un dieu. *Joshua, mon chéri, tu n'as pas le droit de faire ça.* La voix de sa mère le transporta ailleurs, loin du froid. Il devait avoir sept ans, elle l'avait amené à l'église et il jouait avec l'eau du bénitier. 14... 15... 16... 17... La douleur dans ses cuisses se transforma en une crampe intense. Il ne sentait plus ses pieds ni même ses jambes. 18... 19... Une force surhumaine le tira vers l'avant, arrachant le bas de son corps à la léthargie dans laquelle il se trouvait. Une seconde, il imagina la poigne herculéenne de Clovis l'embarquant dans la montagne. Il était Joshua Auberson, agent de sécurité à l'*Avalanche Hôtel* ? Non... il était Joshua Auberson, simple flic sans histoires, mec banal de la police cantonale de Vevey. Il était... *bam*... Une grosse main gantée venait de lui flanquer une bonne gifle sur la joue. Sybille avait remonté son casque pour le regarder droit dans les yeux.

— Qu'est-ce que tu fous, bordel ?! Tu vas geler sur place !

Elle l'attrapa par les épaules et le décolla du tapis de neige qui avait commencé à recouvrir ses jambes. Il n'avait pas bougé depuis sa halte à côté du rail. Il s'était endormi, et sans elle il aurait sombré tranquillement vers une nuit définitive et glacée.

Alors qu'il essayait de reprendre ses esprits, Sybille le serra contre elle pour l'aider à gravir les derniers mètres. Il sentit sa chaleur, mais aussi la force qui se dégageait de son corps pendant qu'elle le hissait à bout de bras pour le sauver. Ils restèrent figés tous deux quelques secondes dans le chaos avant de rejoindre le groupe à l'entrée du bâtiment.

49

Le local perché au sommet de la piste n'avait pas changé. Toujours cette même pièce d'accueil désormais vide de tout mobilier, et surtout le vestiaire dont les casiers semblaient à peine un peu plus rouillés que dans son rêve. L'équipe de recherche s'était regroupée là, entre les bancs empilés et les carcasses de métal dont certaines gisaient éventrées sur le sol.

— C'est ici ? interrogea le commandant Melikian, un solide gaillard de la police de la Riviera monté pour donner un coup de main.

Joshua ne savait pas quoi répondre. Il avait convaincu sa hiérarchie de valider cette petite expédition sur la base d'une intuition qui tenait plus du fantasme que d'autre chose. Certes André Létai était devenu leur suspect numéro un, certes il avait travaillé sur ce site pendant des années… mais pourquoi serait-il venu se cacher dans le coin ? Et à quel endroit ? Joshua n'en avait pas la moindre idée, mais son cauchemar l'avait amené dans ce lieu et jusqu'à maintenant RIEN n'était un hasard dans ce voyage onirique. Comme pour lui donner raison, il y eut un grognement et Yuna commença à tourner en rond au milieu de la pièce. Son maître fronça les sourcils et l'encouragea d'une voix entraînante :

— Tu sens quelque chose, ma belle ? Cherche !

Tous les regards se portaient désormais sur l'animal qui renifla les quatre coins du vestiaire avant de venir gratter le sol en béton.

— Les casiers, dit le gendarme en caressant le flanc de la chienne.

Et les hommes se mirent en action pour ouvrir les énormes carcasses de métal. La première céda sans peine sous la pression d'un pied-de-biche : vide. Yuna commença à gronder encore plus fort alors qu'ils tentaient de forcer la porte du casier le plus proche. La traction de l'acier ne suffit pas et les gendarmes durent terminer à la main pour dégonder le panneau : vide également.

— Va falloir les déplacer, dit Sybille en joignant le geste à la parole.

Elle agrippa l'armoire comme un déménageur et tira de toutes ses forces en arrière. Il y eut un couinement métallique et le casier pivota de quelques centimètres. Tout le groupe se mit au boulot et le meuble finit par s'écrouler sur le côté dans un vacarme assourdissant. Tous les regards convergèrent alors vers le sol où se trouvait un trou percé dans le béton. Joshua se pencha lentement au-dessus de l'excavation et aperçut une épaisse trappe en fer, scellée à même le sol. Il posa ses mains sur l'unique poignée soudée sur le dessus et tira de toutes ses forces. La dalle se déplaça difficilement vers le plafond. Les gars se joignirent à lui pour révéler un puits plongeant dans les entrailles de la montagne.

226

— Bordel de merde ! s'exclama Sybille.

Yuna continuait d'aboyer en passant la tête au-dessus de l'abîme. Une échelle appuyée contre la paroi perçait l'obscurité du tunnel et s'enfonçait dans l'inconnu.

— J'y vais, dit Joshua sans hésiter.

Et il enleva ses gants pour mieux se cramponner aux barreaux glacés qui le guidèrent jusqu'au fond du trou.

Il y avait là un boyau assez large qui partait en ligne presque droite et en pente douce.

— C'est une galerie de travail, dit l'un des gendarmes. La montagne est truffée de tunnels comme celui-ci, à cause des anciennes mines de sel.

— Et ce genre de puits ? interrogea Joshua.

— Y en a pas mal de creusés pour permettre d'aérer le réseau… Mais celui-là c'est une chatière bricolée. Les accès officiels aux mines sont condamnés depuis long-temps. Mais bon, y a toujours des gens pour vouloir se faire peur…

Une fois toute l'équipe descendue — y compris Yuna —, les hommes se mirent en route vers le fond du tunnel. On avait apporté plusieurs lampes et une vieille acétho dont la flamme donnait aux galeries un aspect de cavernes préhistoriques. La chienne avançait en tête, flairant la trace d'André Létai.

— Le gars est venu là, c'est sûr, commenta son maître en l'encourageant à continuer.

Au bout d'une centaine de mètres, le passage obliquait sur le côté et partait en étoile. Yuna se dirigea sans hésiter vers le boyau le plus à droite et l'un des hommes installa une torche dans un coin pour se repérer à leur retour. Joshua frissonna en jetant un œil à son portable : toute trace de réseau avait définitivement disparu. Ils étaient seuls, plongés dans l'obscurité de ce labyrinthe chtonien. Étrangement, l'air leur semblait bien moins froid qu'à l'extérieur, et ils ouvrirent les différentes couches de leur équipement à mesure de leur progression.

Ils marchèrent encore quelques minutes avant d'arriver dans ce qui ressemblait à une salle carrée au fond de laquelle se trouvait une porte en fer. La brusque apparition de cette construction humaine dans ce chaos de roches naturelles les plongea dans la stupeur. Qui avait pris la peine de monter une porte ici, au milieu du néant ? André Létai ? Joshua posa sa main sur la poignée mais comprit rapidement qu'un solide verrou la condamnait. Sans hésitation, les hommes utilisèrent le pied-de-biche pour faire sauter l'obstacle et se retrouvèrent face à l'obscurité d'une nouvelle salle. Il y avait un interrupteur sur le côté du mur, mais aucune lumière ne s'alluma quand Joshua tenta de l'activer. Ils entrèrent, torches braquées pour dissiper les ténèbres, et restèrent figés par leur découverte. Ils se trouvaient dans une grande pièce creusée à même la roche, dont les murs avaient été recouverts de panneaux de Placoplatre blanc. Une mince dalle de béton avait été coulée sur le sol et on y avait posé un revêtement d'aspect paille tressée. Tout était rongé par les moisissures et une odeur de mort se dégageait de chaque centimètre carré. Dans un coin de cette étrange chambre, un bureau sur lequel étaient disposés une série de boîtes de crayons soigneusement rangées et plusieurs tas de feuilles pourries par l'humidité. Sur le mur opposé, une série d'anciens radiateurs électriques rouillés jusqu'à l'os et deux lits superposés encore plongés dans la pénombre. La plus grande partie du groupe se tenait sur le seuil, immobile. Le sentiment dérangeant d'avoir pénétré dans une tombe avait sapé leur force comme la malédiction d'un pharaon oublié. Même Yuna restait silencieuse, le corps collé contre les jambes de son maître. Joshua fut le premier à oser avancer dans le sanctuaire. Il dirigea le faisceau de sa lampe torche vers les lits et s'approcha d'un pas prudent. Son pied droit buta sur quelque chose et il découvrit une branche de cerisier, possédant une unique fleur blanche. *Le cerisier de l'espoir.* C'était donc André qui avait volé cette fameuse branche. Joshua n'était qu'à quelques mètres du lit. Il pointa la lampe sur le vieux matelas moisi et le faisceau accrocha une forme imprécise, recouverte d'un drap aux allures de linceul. Une sensation de chaleur lui parcourut le corps alors qu'un sentiment contradictoire de joie et de tristesse le traversait simultanément. Il y avait là des ossements humains, assemblés dans une robe de nuit. Une épaisse crinière blonde recouvrait encore le crâne aux orbites vides et à la peau tannée, comme fossilisée. C'était donc ici, dans les entrailles de la Terre, qu'il retrouvait enfin Catherine Alexander. Après tout ce chemin, sa quête s'achevait devant cette étrange momie allongée dans son sarcophage pourrissant. Puis la surprise laissa place à un abîme de tristesse et il commença à pleurer.

50

— Joshua, mon garçon, tu viens ?

La voix réconfortante de sa mère semblait lointaine dans un coin de sa tête. Il avait huit ans et il sentait le soleil réchauffer sa peau d'enfant alors qu'il se concentrait sur sa tâche : attraper un petit lézard caché entre les pierres entassées par son père au fond du jardin.

— Ne t'amuse pas à jeter ces pierres, Joshua ! Elles risquent de briser les lames de la tondeuse.

Combien de fois avait-il oublié cette interdiction, emporté par une aventure imaginaire, luttant contre un adversaire invisible sur lequel il avait toujours le dessus. Le lézard glissa sous le muret pour tenter d'échapper à son prédateur. Peine perdue, Joshua le saisit par la queue avant de le tirer face à son visage. La petite bête se débattait, ondulant son corps luisant dans tous les sens. Puis la queue céda sous son poids, mutilation nécessaire à sa survie.

Joshua cligna des yeux et le soleil disparut pour laisser place à un ciel noir zébré d'éclairs. Il était assis face à son bureau, les photos du cadavre étalées comme une bande dessinée morbide. Le docteur Christian Lapierre se tenait à côté de lui, il avait fait le chemin depuis Lausanne pour venir lui donner en personne le résultat de l'autopsie. Sybille le fixait d'un air inquiet, comme si elle craignait qu'il ne disjoncte à nouveau.

— Ça va, crevette ? demanda-t-elle doucement.

— Je suis un peu secoué.

— Nous le sommes tous, fit remarquer Sybille. Tu veux que je m'occupe de l'autopsie avec Christian ?

Christian, le jeune médecin eut un sourire gêné de cette familiarité inhabituelle – il ne connaissait pas encore Sybille.

— Non, je vous écoute, docteur… vous avez toute mon attention.

— Merci… Alors comme je vous le disais nous ne sommes pas à cent pour cent certains de l'identité. J'ai demandé une comparaison ADN avec les parents de Catherine Alexander, ça permettra de lever le moindre doute.

— Je suis sûr que c'est elle ! Tout coïncide ! coupa Joshua.

— Ouais, mais il faut qu'on se blinde avant d'annoncer officiellement qu'on a retrouvé leur fille, temporisa Sybille.

— Ce qui nous amène à un autre point… la cause du décès. Comme vous avez pu le remarquer, le corps est dans un état de conservation hors norme. C'est ce qu'on appelle la saponification, c'est possible dans certaines conditions de froid et d'humidité. Quelques dépouilles ont même traversé les millénaires comme ça. Celle-ci est bien préservée et ne présente pas de particularités

232

externes en dehors d'une ancienne estafilade à la joue gauche plutôt correctement cicatrisée.

Joshua tourna la tête vers le visage momifié immortalisé sous tous les angles par les techniciens de la brigade. Le souvenir de cette gamine aux traits gracieux lui remonta en pleine face. Quel genre de monstre avait pu l'abandonner seule au fond de son trou ?

— Le corps est celui d'une femme d'une cinquantaine d'années.

— Catherine Alexander avait dix-huit ans lorsqu'elle a disparu, et c'était en 1980, ça peut très bien correspondre ! fit remarquer Joshua.

— Oui... et son état de conservation me permet de vous donner la cause du décès, mais je serai plus réservé sur la datation. Pour moi, il remonte à moins d'un an, difficile d'être plus précis pour l'instant.

— Comment est-elle est morte ? interrogea Sybille.

— Pneumonie foudroyante... Vu la dégradation de ses poumons, le virus a dû passer dans le sang et dégénérer en septicémie. La saponification préserve une partie des organes, mais rien à voir avec un corps frais. En tout cas, il aurait suffi d'un simple traitement antibiotique pour la soigner, mais j'imagine que cette femme n'a pas pu en bénéficier.

— Ce salaud l'a abandonnée, gémit Joshua entre ses dents.

— D'une manière générale, son bilan osseux trahit un manque d'activité physique, elle était certainement dans un état de faiblesse avancée, ce qui explique les complications de sa maladie.

— C'est possible qu'il l'ait séquestrée dans cette grotte pendant plus de trente ans ? demanda Sybille avec dégoût.

— Son corps ne le dit pas... mais il y a des signes. Et puis j'ai autre chose...

Joshua échangea un regard avec sa coéquipière. Quelle horreur supplémentaire allaient-ils apprendre ? Depuis son entrée dans la police cantonale vaudoise, Joshua avait traité de nombreuses affaires criminelles, dont certaines violentes... mais jamais rien d'aussi viscéralement glauque.

— J'ai demandé son avis à un collègue anthropologue... et il a confirmé mes constatations. Elle a connu une grossesse, plutôt ancienne.

— Et elle a accouché ?

— Oui... c'est certain.

Un silence d'église tomba sur eux alors que les pièces du puzzle s'emboîtaient dans le crâne des enquêteurs. Les cartons remplis de vêtements de toutes les tailles, le tee-shirt « *I'm a cat* »... Il n'y avait plus de place pour le doute. Catherine Alexander avait donné la vie et, presque quarante ans plus tard, l'inconnue de Naye apparaissait dans la petite chapelle en contrebas de la piste de bobsleigh. C'était sa fille, née dans les entrailles de la montagne, et elle avait réussi à s'échapper ! Joshua l'imagina courant dans les boyaux souterrains, profitant d'une minute d'inattention de son bourreau pour se glisser par le sas du vestiaire. Joshua se retourna d'un coup et se mit à fouiller ses tiroirs.

— Qu'est-ce que tu cherches ? interrogea Sybille.

— La photo... la photo de Catherine... celle que l'inconnue de Naye avait sur elle !

Au bout de quelques minutes, il retrouva le cliché en noir et blanc à la surface duquel le visage de Catherine Alexander les fixait, entouré d'un halo de lumière blanche.

— Regarde ça ! dit-il en pointant du doigt l'arrière-plan obscur où se détachait une forme ovale.

Joshua se retourna pour saisir une pile de clichés pris dans la grotte. Les techniciens avaient flashé le moindre détail pendant que la pièce était passée au peigne fin à la recherche de traces exploitables. L'une des images, prise depuis la zone des lits superposés, montrait le bureau, ses pots à crayons et un bout de mur couvert de mousse verdâtre.

— Regarde quoi ?

Sybille avait beau froncer ses petits yeux de fouine, elle n'apercevait rien de particulier.

— Là, dit Joshua en désignant un miroir rond accroché sur le mur au-dessus du bureau.

La forme correspondait parfaitement à l'ovale que l'on devinait à peine sur l'autre cliché.

— La photo a été prise dans cette pièce ! Exactement ici, depuis le lit ! C'est bien elle, c'est la fille de Catherine Alexander !

L'inconnue de Naye venait de retrouver son identité. Il y eut un moment de flottement interrompu par la vibration du téléphone portable de Joshua posé à plat sur son bureau. Il saisit l'appareil pour constater que le numéro de sa mère s'affichait sur l'écran. Une soudaine angoisse le força à décrocher.

— Maman ? Ça va ?

— Très bien et toi ? répondit Mme Auberson.

— Je peux te rappeler plus tard ?

— Bien sûr, je voulais juste te prévenir que tu as reçu un courrier à la maison.

— Un courrier à mon nom ?

— Oui... Et il y a celui de l'expéditeur aussi. Une certaine Isabelle Ternier... Ça te dit quelque chose ?

51

Mon petit René,

Excuse-moi de t'appeler comme ça, mais pour moi tu seras toujours René, comme le jour de ton arrivée à l'orphelinat. Après ton passage, j'ai hésité à t'écrire cette lettre, mais j'imagine que maintenant je n'ai plus vraiment le choix. J'ai un enfant bien à moi, il s'appelle André et il est différent. Il a toujours été différent depuis sa naissance, les médecins appellent ça le syndrome de Marfan, mais moi, je dis juste différent. C'est mon bébé et je l'aime, tout comme je t'ai aimé dès le premier jour où tu as croisé ma route. André a grandi avec moi, sans son père. J'ai fait au mieux pour l'élever, pour lui offrir la meilleure enfance possible. Il aimait la nature, elle au moins ne le jugeait pas. Je l'ai certainement trop protégé au début, j'avais peur qu'il lui arrive malheur et puis j'ai compris petit à petit que c'était à moi que le malheur allait s'en prendre. Je me souviens qu'il partait des journées entières dans la forêt, avec sa luge et le couteau que je lui avais donné pour son anniversaire. Je me souviens de son visage, tellement heureux, tellement souriant après ces escapades en solitaire. Ce n'est que bien plus tard que j'ai compris ce qu'il faisait seul dans les bois. Les chasseurs ont parlé de mouflons cloués sur les arbres, mais je n'y ai pas cru au début. Comment croire que son enfant soit capable de telles atrocités. Alors il a grandi jusqu'à devenir un vrai géant. À l'adolescence, il piquait de telles colères que j'avais peur de lui. Une fois, il m'a saisie à la gorge en me menaçant de m'éventrer, comme les animaux dans la forêt. Mais je ne l'ai jamais dit à personne. Pas parce que j'avais peur, mais parce que je l'aimais, sans condition. Les médecins m'ont expliqué que quelque chose ne fonctionnait pas chez lui, dans son génome... alors c'était aussi un peu ma faute. L'hiver, je travaillais au Bellevue Grand Palace, mais ça, tu le sais déjà. Le Bellevue, c'était un peu ma famille, enfin celle que je m'étais choisie. Il y avait mes camarades et tout le luxe que je n'avais jamais connu dans ma vie. Pendant quelques mois, je partageais le quotidien de gens que je n'aurais jamais eu la chance de croiser ailleurs. Ça le fascinait, mon André, particulièrement les cuisines où il passait son temps. C'est là qu'il a rencontré Catherine pour la première fois. Ils devaient avoir une dizaine d'années. Je me souviens de la nursery du palace. C'était quelque chose d'incroyable : une pièce immense avec une coupole en verre. Les enfants des clients s'y retrouvaient pour jouer en rentrant du ski. Il en a passé des heures, André, à s'amuser avec la petite Alexander. Elle lui faisait du bien, cette fille, elle lui faisait oublier les animaux dans la montagne. D'hiver en hiver, il l'a fréquentée par mon intermédiaire. Je lui ai trouvé un poste de commis aux cuisines, son rêve. Ils ont grandi ensemble et je pense même qu'ils ont été amoureux à un moment. Et puis l'hiver de l'année 1980 a tout changé. Catherine allait avoir dix-huit ans, André ne les avait pas encore complètement, mais il en paraissait dix de plus, à cause de sa maladie. Elle avait grandi, elle ne voulait plus partager ses jeux. Comment l'aurait-elle pu ? C'était un enfant dans un corps d'adulte et elle une rayonnante jeune fille de la haute société. J'ai essayé de lui expliquer, de lui dire qu'elle ne le rejetait pas à cause de sa différence, que l'amour était cruel. J'ai essayé, mais on ne peut jamais partager complètement la souffrance des gens qu'on aime. On ne peut que souffrir à côté d'eux. Alors André s'est refermé sur lui-même, il a retrouvé son couteau et ses balades en forêt. Et moi j'ai prié, j'ai beaucoup prié. Mais personne ne m'a entendue et le pire est arrivé. Le 5 janvier au soir, Catherine venait de fêter son anniversaire avec ses parents et je les ai découverts dans la chambre 81, celle dont tu m'as parlé l'autre jour. André avait mon passe, il l'avait emmenée là pour lui parler. Mais ça ne s'était pas bien passé. Il tenait son couteau à la main, elle était assise par terre, entièrement nue, avec une balafre sur la joue. Il ne m'a pas fallu longtemps pour comprendre ce qui s'était passé. J'ai croisé le regard de mon André. Ses yeux étaient affolés comme ceux d'une bête aux abois. Alors j'ai pris la mauvaise décision… je lui ai dit de l'emmener loin. De rejoindre la maison pour qu'on ait le temps de discuter. Je ne sais pas pourquoi j'ai fait ça. J'imaginais mon fils en prison, tournant comme un animal en cage. Il avait balafré la fille de gens qui avaient les moyens de le mener à l'échafaud. Je lui ai dit de partir et je suis restée là, seule, à éponger le sang sur la moquette. C'est en rentrant que j'ai compris mon erreur. André ne l'avait pas ramenée à la maison, il avait d'autres plans. Il voulait la garder pour lui et pour toujours. J'ai tenté de le convaincre, mais rien n'y a fait. Depuis toutes ces années, il est avec elle et moi je garde le silence... Ça m'a rongé le cœur, si bien que je ne sais plus si je suis encore vivante, mais je ne peux plus supporter cette douleur. Alors quand je t'ai vu débarquer chez moi, je me suis dit que le destin me laissait une dernière chance de rattraper mon erreur. Dans quelques jours je vais t'appeler pour te raconter la suite de l'histoire. Car il y a une suite encore plus terrible. Mais je ne peux plus écrire, je n'en ai plus la force. Alors René, quand tu recevras cette lettre, viens me voir avec ta collègue. Mes affaires seront prêtes. Je pense à toi souvent.

Isabelle

52

La pluie martelait le bitume du quai de la Rouvenaz, mais Joshua ne s'en souciait absolument pas. Après son passage éclair chez ses parents et la découverte de la lettre, il avait senti un malaise insupportable monter en lui et la nécessité de prendre un grand bol d'air pour réfléchir. La tempête était là, dissimulant les montagnes dans une couche de nuages sombres. Écrasée contre les eaux noires du lac, la ville de Montreux semblait recroquevillée sur elle-même, prête à subir les assauts des éléments. Joshua remontait le long du quai, avalant les kilomètres de cette balade pourtant si agréable en été. La surface du Léman ressemblait à un océan tant le vent poussait l'eau sur la rive en d'épaisses vagues submergeant les tas de cailloux installés en première ligne. La pluie imbibait le tissu de son bonnet et commençait à couler sur son front alors qu'il pressait le pas pour rejoindre la grande halle. Il ne réussissait pas à chasser le visage d'Isabelle Ternier de sa mémoire. Cette femme était la première à l'avoir accueilli et à lui avoir donné de l'amour, mais elle lui avait également légué autre chose. Un héritage bien plus sombre dont son esprit avait recomposé des images semblant ne pas lui appartenir. L'*Avalanche Hôtel*, la chambre 81, tous ces moments passés dans un palace qu'il n'avait jamais visité, à rencontrer des gens qu'il ne connaissait pas, toutes ces émotions, ces sensations... tout cela était un legs d'une autre personne, comme une transmission d'informations invisible le reliant à un être inconnu. Le docteur Humbert, lui, aurait sans doute parlé de mémoire cellulaire et de l'incroyable capacité qu'ont nos atomes à communiquer entre eux. Il se rappelait une description qu'il avait faite de la « matière sombre », cet étrange magma de souvenirs perdus, bien plus vaste que la partie consciente de notre vie, et dont nous n'avons que de brefs scintillements. Rien que des fragments épars, des poussières d'étoiles pourtant si précieuses, car lorsque nous réussissions à retrouver ne serait-ce qu'un nom ou un visage, ces souvenirs agissaient comme des aimants et extirpaient de l'oubli de véritables trésors. Isabelle Ternier appartenait à ces joyaux immergés dans la matière sombre de son cortex cérébral et Joshua pouvait sentir le fil qui la reliait aux secrets les plus intimes de son être. Il y eut une rafale plus forte que les autres et il lutta pour avancer sur le quai. À quelques dizaines de mètres, la statue de Freddie Mercury défiait les éléments, le poing dressé vers le ciel, hurlant « *I will survive* » pour l'éternité. André Létai avait enlevé, violé et séquestré Catherine Alexander pendant près de quarante ans. Tous les flics du canton possédaient désormais sa photo, et ce n'était qu'une question de temps pour qu'ils le retrouvent. Joshua leva la tête pour tenter d'apercevoir la silhouette du *Bellevue Grand*

Palace, mais la sentinelle pourrissante était déjà plongée dans la tempête, invisible aux citadins. Il pensa à Robert, errant seul dans les couloirs, ressassant les bribes d'un passé oublié. Est-ce que ce n'était pas ça vivre, finalement ? Essayer désespérément d'achever un souvenir qui se perdait dans l'oubli. Le lézard caché sous la pierre, la queue se détachant sous l'œil émerveillé d'un enfant, une poussière d'étoiles dans l'infini. L'hippocampe, étrange cheval niché dans notre crâne, effaçant des morceaux de réalité pour nous permettre d'en créer de nouveaux, profitant de notre sommeil pour lentement détisser la tapisserie de nos vies. Que restait-il de notre petite enfance ? Nous nous rappelons parfaitement que nous n'avons pas toujours su parler ou penser avec des mots et pourtant, notre première langue, nos premières pensées nous sont inatteignables. Dissimulées dans la matière sombre, attendant le moment propice pour se révéler.

Joshua frissonna alors que la pluie commençait à percer le tissu de sa veste. Il obliqua sur la gauche pour quitter le quai et rentrer sous l'immense porche du marché couvert. Il était seul, perdu dans cette halle déserte aux dimensions titanesques. André Létai ferait bientôt la une de toute la presse nationale. L'« ogre des montagnes », surnom trouvé par Sybille, deviendrait son unique identité. À l'heure qu'il était, il devait se terrer quelque part dans la nature, mais dès que le vent aurait cessé, une escadrille d'hélicoptères commencerait à sillonner les alpages et ils finiraient bien par le dénicher. L'affaire Alexander touchait à sa fin et c'était un peu grâce à lui, pourtant Joshua avait du mal à se réjouir. Le malaise était là, palpable comme les pulsations douloureuses d'une brûlure. Il s'assit à l'abri de la pluie et se recroquevilla sur lui-même. Dans la poche trempée de son jean, son téléphone portable vibra en émettant une lumière vive et il se tortilla pour réussir à l'extraire du tissu. Il décrocha en se réfugiant dans un coin pour se protéger du vent qui sifflait dans le micro.

— C'est moi, dit la grosse voix d'André Létai. Tu me cherches ?

— Oui, dit Joshua sans savoir quoi répondre d'autre.

— Alors, viens me retrouver. Je t'attends.

53

Joshua sentit les muscles de ses cuisses durcir alors qu'il bataillait pour dégager ses bottes de la neige.

Il aurait pu prévenir ses collègues, mais c'était prendre le risque qu'André disparaisse définitivement dans la nature. Y aller seul était l'unique option pour résoudre cette affaire et envoyer ce salopard derrière les barreaux. Et puis il y avait quelque chose d'intime qui les liait depuis leur première rencontre. André lui avait sauvé la vie, il se souvenait encore de la lumière blanche, des rayons vivifiants du soleil et de la poigne d'acier qui le tirait hors de sa tombe glacée. Le destin les avait rassemblés ce jour-là, et il n'était pas étonné qu'il lui ait donné rendez-vous sur le lieu de l'avalanche pour conclure cette étrange relation. Mais cette fois, il s'était préparé au pire : gilet pare-balles enfilé sous sa parka, revolver à la ceinture, il grimpait le long du sentier des grottes, luttant contre le vent dont les bourrasques soulevaient des rafales de neige. Difficile de se repérer dans ce chaos, mais André lui avait dit avoir laissé « une marque » pour l'aider à trouver son chemin.

Au bout d'une bonne dizaine de minutes de marche, Joshua s'accroupit en apercevant une traînée sombre sur la surface immaculée. Il enleva ses lunettes de protection pour confirmer qu'il s'agissait bien d'une longue flaque de sang frais. La ligne écarlate sortait du sentier pour rejoindre une butte de neige dont le sommet restait invisible pour l'instant. *Du sang, bordel, du sang !* Son rythme cardiaque s'accéléra rapidement alors qu'il pistait les traces macabres. Au bout d'une dizaine de mètres, une boule se forma au niveau de sa cuisse et une crampe le paralysa sur place. Un violent coup de tonnerre suivi d'un éclair transperça les nuages sombres entourant les montagnes. Il allait crever ici, seul, sans avoir pu mener à bien la mission qu'il s'était fixée. Catherine Alexander et l'inconnue de Naye... Il leur avait promis la vérité et il était sur le point de tout gâcher à cause d'une foutue crampe ! Dans un râle de douleur, il força sur sa cuisse et réussit à dégager son pied gauche de la neige pour gagner un mètre supplémentaire. Le sang disparaissait peu à peu sous les flocons soulevés par d'incessantes bourrasques. Il hurla de tout son souffle et enchaîna quelques pas, le sommet n'était plus si loin. C'est alors qu'il aperçut la silhouette d'André, assis de dos, face à la vallée. Il tenait quelque chose sur les genoux et Joshua remarqua la lame effilée d'un poignard dans l'une de ses mains. Il sentit une décharge d'adrénaline lui activer les neurones, et ses muscles semblèrent soudain plus reposés. Il se propulsa hors de la neige pour rejoindre André qui restait immobile. Arrivé à proximité, il réussit à voir la dépouille d'Anchise allongée sur les jambes de son maître. Le saint-bernard avait la gorge tranchée. André s'était servi de son sang pour le mener jusqu'à lui.

— Salut, petit, dit-il sans même prendre la peine de se retourner. Alors ? T'as fini par me retrouver ? Ce bon vieux sac à puces a été utile, encore une fois...

Joshua enleva ses gants, sortit l'arme de son holster et retira le cran de sécurité.

— Ne bougez pas !

— Est-ce que j'ai l'air d'avoir envie de bouger ?

Le sommet de la butte donnait sur une falaise abrupte dont il était impossible de s'échapper. Le seul chemin de retour se faisait en sens inverse, par l'endroit où Joshua se trouvait. Il fouilla dans la poche de sa parka et prit des menottes qu'il jeta vers André.

— Lâchez votre couteau et enfilez ça !

André tourna la tête et plongea ses yeux bleus perçants dans les siens.

— Tu sais depuis quand je l'ai, ce couteau ? C'est ma mère qui me l'a offert.

— Et vous l'avez étranglée pour la remercier.

Joshua ne surprit aucune émotion sur le visage d'André.

— Oui, j'ai dû faire ça... Et la vieille bique qui dirigeait l'hôtel aussi. T'aurais vu sa tronche quand je lui ai fait avaler ses cachetons.

— Lâchez ce couteau !

— Comme tu veux.

André se retourna vers le vide et envoya la lame valdinguer dans l'immensité blanche qui s'étalait trente mètres plus bas.

— T'es content ? Ça te rassure ?

— Les menottes, mettez-les !

— C'est pour ça que t'es venu ? Pour m'arrêter ? Ça, tes petits copains auraient pu s'en charger. Non, t'es là pour qu'on cause... Parce que je te rappelle juste que c'est moi qui t'ai sauvé la vie.

Joshua se tenait à distance et braquait le canon de son pistolet vers le visage d'André.

— Les menottes, bordel !

Le guide prit la dépouille de son chien et la fit glisser sur le côté avant de se pencher pour ramasser les bracelets en acier.

— T'as aucune question à me poser ? Tu veux pas savoir ?

Si, il en mourait d'envie, mais la sensation de danger pulsant dans ses tempes l'empêchait de réfléchir.

— Je vais mettre tes pinces si ça peut te rassurer.

Et André passa les crochets autour de ses poignets, jetant ses gants dans la neige.

— L'inconnue de Naye... c'est bien la fille de Catherine Alexander ? demanda Joshua en le gardant en joue.

— Oui... Elle s'appelle Alice, comme dans le conte. C'est ma fille.

— Vous l'avez séquestrée pendant plus de trente ans, votre fille !

— Pas toujours, des fois je la laissais sortir, je l'aime, tu sais. Depuis tout petits sa mère et moi on s'aimait beaucoup, et l'amour ça fait de beaux enfants.

— Vous êtes dingue.

André se leva et déploya sa longue carcasse face à Joshua.

— Restez où vous êtes !

— On va pas papoter éternellement ici, petit. Regarde tes doigts, ils sont tout bleus.

Il avait raison. Le bout des phalanges de Joshua commençait à enfler alors qu'un sentiment d'engourdissement se répandait peu à peu dans la main tenant son arme. Il n'était peut-être déjà plus en mesure d'actionner la gâchette.

— La branche de cerisier, tu l'as trouvée ? C'est un cadeau que j'ai fait à Catherine. Un jour, je l'ai laissée sortir, je l'ai même amenée en ville pour qu'elle se promène. J'étais pas loin, je la surveillais, mais elle avait pas l'intention de s'enfuir, tu sais, elle m'aimait.

Joshua fut pris d'un haut-le-cœur. Ce type le dégoûtait, il suintait la mort.

— Ce qui lui manquait le plus, c'était la nature... Alors j'ai volé la branche pétrifiée et je lui ai offert cette fleur éternelle, pour qu'elle se souvienne de la beauté. Elle avait fini par accepter de rester là, tranquille. C'est pas comme Alice... Elle tenait pas en place, la petite.

— Et un jour elle vous a échappé.

— Ouais... quand sa mère est morte. Elle avait bien préparé son coup.

— Vous l'auriez tuée si vous l'aviez rattrapée ?

— Non ! Tu comprends rien, ou quoi ? C'est ma fille. L'autre soir à la clinique j'aurais pu la tuer.

— Pourquoi vous ne l'avez pas fait ? Pourquoi lui avoir donné la médaille ? Pourquoi vous avez pris ce risque ?

Pour la première fois depuis le début de leur entretien, André baissa le regard comme si la question le dérangeait.

— Parce qu'il faut toujours qu'un enfant ait un objet de ses parents, ça permet de jamais les oublier. Moi j'avais le couteau de mon père, elle a la croix... et toi aussi, faut que t'aies un truc, c'est pour ça que t'es venu, non ?

La nausée se transforma en une angoisse qui monta dans tout son corps. Dans quelques minutes, il serait incapable de maîtriser ce géant tellement le froid le pétrifiait.

— La dernière fois je t'avais parlé du cerf que j'ai tué, tu te souviens ? J't'ai expliqué que la biche donne naissance à un seul et unique faon... une famille à trois... Eh bah c'est faux, mon gars. Des fois y en a deux.

En prononçant ces mots André avait fouillé dans ses poches pour lui tendre une petite chaîne au bout de laquelle se balançait un pendentif en forme de cœur. Il l'envoya valdinguer aux pieds de Joshua.

— Voilà l'objet que je te donne...

Lentement, André commença à reculer, se rapprochant dangereusement de la falaise.

— Maintenant, tu sais pourquoi je t'ai appelé.

— Arrêtez ! réussit à hurler Joshua en braquant son arme devenue dérisoire.

— Adieu fiston, dit André en se laissant tomber dans le vide.

54

Deux bébés au visage blafard que rien ne permettait de différencier, fixés avec du Scotch double face à l'intérieur d'un médaillon bon marché. Voilà le fameux « objet » laissé par André Létai, l'héritage maudit dont Joshua devenait le dépositaire malgré lui. Il se tenait recroquevillé dans un coin du bureau pendant que Sybille terminait une conversation téléphonique en faisant de grands gestes avec les mains. La section entière était en ébullition mais les silhouettes de ses collègues s'agitaient comme des spectres et il avait l'impression d'avoir des bouchons de cire dans les oreilles tellement les sons lui parvenaient étouffés. *Tu planes, mon chou*, murmura la voix nasillarde de Chaminou quelque part entre ses tympans. En fait, Joshua réalisait qu'il n'était jamais réellement redescendu de cette montagne où son destin et celui d'André Létai avaient fini par se croiser une ultime fois. « Adieu fiston… » Deux mots remettant tout en question dans sa tête. *Je suis Joshua Auberson, simple flic de la police de Vevey, mec sans histoires, presque sans intérêt. Je suis*

Joshua Auberson, orphelin n'ayant jamais rien su de ses parents biologiques, enfant qui a grandi avec un sentiment de vide, un abîme obscur sur lequel il a fallu couler une bonne dalle de béton.

Mais aujourd'hui la dalle s'était fissurée, ce foutu médaillon venait même de la faire exploser en morceaux. Et il avait peur, très peur, de ce qui risquait de sortir du gouffre sans fond de sa mémoire.

— Ils l'ont retrouvé ! lança Sybille en frappant dans ses mains. Les mecs de la colonne de secours ont réussi à se poser dans la zone et il y était. Tu l'as eu, ma crevette ! TU L'AS EU !!!!

Joshua la fixa d'un œil éteint. Il ne lui avait pas parlé de sa petite conversation et des doutes qui le tourmentaient depuis. Comment aborder le sujet ?

— Il... Il est mort ?

— Raide comme un bâtonnet de colin ! Le corps de ce salopard est directement parti chez le légiste. Mais je ne pige toujours pas pourquoi il a sauté tout seul ?

— C'est pour ça qu'il m'a appelé, il voulait en finir. Il avait tout prévu.

— Et il avait besoin que tu sois témoin ? Il aurait très bien pu se foutre en l'air dans un coin, on l'aurait sans doute jamais retrouvé.

Joshua hésita quelques secondes. Il se tenait à la croisée de deux chemins périlleux. Soit il décidait de ne plus jamais parler du médaillon et des doutes qu'il soulevait, soit il se confiait à Sybille et en acceptait les conséquences. Quel que soit son choix, plus rien ne serait jamais pareil.

— Il m'a appelé pour une bonne raison... il voulait me donner ça, dit-il en lui tendant le petit cœur en ferraille.

— C'est quoi ? (Sybille attrapa l'objet dans ses grandes pognes et fit coulisser le mécanisme.) Dis donc, on dirait des jumeaux…

— Je pense que le bébé de droite c'est l'inconnue de Naye… Alice… Enfin c'est le prénom qu'il m'a donné.

— Y aurait eu deux bébés ! Et c'est lui qui t'a dit ça ? Il en a fait quoi du second, cette enflure ?

Joshua baissa les yeux et sentit que sa voix commençait à trembler.

— À mon avis, c'était un garçon et il n'a pas voulu le garder. Mais Isabelle Ternier n'a pas supporté l'idée qu'il le tue… alors elle s'en est occupée. Peut-être qu'elle l'a déposé elle-même dans un orphelinat… Peut-être qu'elle a cherché à le revoir pendant son enfance.

Le visage de Sybille avait soudain changé d'expression pour se figer dans une sorte de stupeur horrifiée.

— Qu'est-ce que tu racontes, crevette ? Tu penses quand même pas que…

— Tu te rappelles ce que disait le docteur Humbert à propos de la mémoire… Tous ces souvenirs que j'ai depuis mon avalanche, ils ne m'appartiennent pas complètement. Ce sont les miens, ceux de mon enquête, mais également… ceux de mes parents. Mes vrais parents. Je vais demander une analyse génétique pour vérifier, je suis peut-être ce bébé-là, dit-il en pointant la photo.

Sybille bougeait sa mâchoire comme si elle cherchait ses mots sans parvenir à prononcer la moindre parole.

— Ça expliquerait tout… Depuis que je suis minot j'ai une impression de vide, comme s'il me manquait quelque chose, ou quelqu'un… Je pensais que c'était mes parents mais… c'était peut-être ma sœur jumelle.

Sybille fixait la photo du couple de bébés et ses yeux commencèrent à se mouiller de larmes. Qu'est-ce qui pouvait bien traverser sa grande caboche ? De la pitié sans doute ? Ou peut-être qu'elle le prenait pour un fou ?

Elle se pencha simplement vers lui et l'attira dans ses bras pour le serrer très fort et ils restèrent ainsi sans prononcer un mot de plus.

55

La route jusqu'à la clinique s'était écoulée dans un silence propice au recueillement. Sybille fixait l'asphalte en lui lançant quelques regards bienveillants. Il n'avait attendu que quarante-huit heures avant de recevoir les résultats des analyses ADN.

Le corps dans la grotte était bien celui de Catherine Alexander, et l'inconnue de Naye, Alice, était bel et bien sa fille. Pour ce qui était de Joshua, il avait eu droit à une analyse spécifique, un test de gémellité lui permettant non seulement de lever ses doutes sur ses origines, mais également de confirmer son lien particulier avec Alice. Les chiffres lui avaient donné le vertige. Joshua partageait quatre-vingt-dix pour cent de l'ADN de sa sœur, et la filiation à André et Catherine se vérifiait avec une marge d'erreur de moins de un pour cent. La nouvelle avait quelque chose d'atroce mais apprendre la vérité lui permettait enfin de combler le gouffre qu'il ressentait depuis toujours au fond de lui. Le docteur Humbert lui avait expliqué que la recomposition de sa mémoire biographique était une étape fondamentale pour qu'il puisse appréhender l'avenir sereinement. On ne pouvait pas échapper à ses racines, aussi pourries soient-elles. À la lecture du compte rendu d'analyse, il avait pleuré pendant des heures en pensant au visage de Catherine. Cette jeune fille dont il s'évertuait à découvrir le meurtrier en dépit de toute logique était en réalité sa mère, dont la souffrance s'était diffusée comme un SOS à travers les souvenirs de son cerveau. Il avait vécu les premiers mois de sa vie dans l'humidité et le froid de cette cave aménagée en cellule par son propre père. André Létai, un monstre comparable à Chronos qui dévorait ses enfants mâles dès leur naissance pour éviter qu'ils ne lui fassent de l'ombre. Et pourtant Joshua n'arrivait pas à le haïr. André l'avait sauvé de la mort par un incroyable tour du destin avant de la rejoindre volontairement sous ses yeux, comme un ultime sacrifice. Cette figure paternelle lui vaudrait sans doute des années de psychanalyse. Il avait en quelque sorte réalisé son Œdipe de manière accélérée, son enquête ayant servi de lame au parricide. Et puis il y avait Alice, sa sœur jumelle, sa moitié. Elle n'était plus une simple inconnue plongée dans un coma intemporel, bloquée entre deux mondes. Alice prenait une place dans son cœur qu'il avait laissée vide toute sa vie pour la recevoir sans même la connaître. Une fois arrivés à Lausanne, Sybille l'avait conduit à l'entrée de la clinique et lui avait proposé de l'attendre à l'accueil pour lui fournir un peu d'intimité. En montant les marches de l'escalier de service, Joshua avait senti ses jambes trembler à mesure qu'il se rapprochait de la chambre de sa sœur. Alice était étendue sur son lit, bras croisés sur la poitrine. Son visage de Blanche-Neige arborait la même expression de sérénité que la première fois qu'il l'avait rencontrée. Alice... Ce prénom lui allait tellement bien. Elle aussi était passée par la porte étroite pour quitter son monde fait d'obscurité et de peur. Elle avait bravé le froid pour se réfugier sous le regard bienveillant d'une nouvelle mère, la Sainte Vierge, et s'endormir à ses pieds. Joshua lui prit la main, espérant secrètement qu'un miracle se produirait. Comme un enfant, il s'était levé pour déposer un baiser magique sur ses joues. Mais la vie n'était pas un conte de fées, et Alice une princesse endormie par un quelconque sortilège. Alors Joshua s'était assis silencieusement à côté de cette moitié de lui-même qu'il venait de redécouvrir et il avait pleuré en la suppliant de le rejoindre.

56

Un soleil de plomb l'obligea à se réfugier sous le porche de l'église en attendant Sybille. Il pouvait sentir la pierre brûlante rayonner sa chaleur à travers le tissu de son élégante chemisette, enfilée spécialement pour l'occasion. Face à lui, en contrebas dans la vallée, les eaux bleues du lac Léman scintillaient de tout leur éclat. Il s'était écoulé presque quatre mois depuis la fin de l'enquête et le miracle était survenu un matin de printemps. Joshua courait le long des quais lorsque le service de réanimation avait essayé de le joindre pour lui laisser un message : « Alice est de retour. »

Elle ne s'était pas réveillée d'un coup – comme dans les films –, mais ses dernières IRM démontraient une activité cérébrale nouvelle. Alice avait quitté le coma profond en ouvrant les yeux au monde pour une seconde naissance. Il lui faudrait des mois pour retrouver ses facultés, sans aucune garantie qu'elle puisse y arriver. La sortie du coma ressemblait à un marathon dont les kilomètres se comptabiliseraient à mesure que les cellules de son cerveau se remettraient à fonctionner et à interagir. Mais le simple fait de savoir que sa sœur s'était réveillée suffisait à le rendre heureux. Il jouait d'ailleurs un rôle important dans sa guérison en participant aux séances de stimulation, en choisissant ses repas et la musique qu'on lui faisait écouter. Après tout, il était son jumeau et même s'ils n'avaient pas grandi ensemble, Joshua avait l'impression de connaître ses goûts. La voiture de Sybille fit son apparition sur le petit parking de l'église de Nancroix. Il crut la voir vérifier son maquillage dans le rétroviseur – une première – avant de sortir pour venir le rejoindre. Elle portait une robe légère dévoilant ses épaules carrées et Joshua la trouva terriblement séduisante.

— J'suis en retard ? demanda-t-elle.

— Pas du tout.

Et ils se dirigèrent ensemble vers le portail marquant l'entrée du cimetière. Débarrassé de la neige, le petit village abandonné avait tout d'une image d'Épinal. Quelques vieilles granges en ruine, un magnifique alpage à l'herbe verte fluorescente et une vue imprenable sur les montagnes. Joshua comprenait maintenant pour quelle raison la famille Alexander avait décidé d'enterrer symboliquement leur fille dans cet endroit. Mais la tombe n'avait plus rien de symbolique. Le mois dernier, ils avaient procédé à la mise en terre de la dépouille de Catherine dans ce lieu choisi pour elle. Cela avait été l'occasion pour Joshua de rencontrer ses nouveaux « grands-parents » et de leur présenter sa propre famille. Tout le monde était encore sous le choc de cette révélation, mais le soulagement d'avoir retrouvé Catherine l'emportait. La blessure ne se refermerait sans doute jamais, mais au moins l'infection avait disparu. Ils longèrent un muret en pierres où quelques lézards profitaient du soleil. La tombe de Catherine – il avait encore du mal à l'appeler « maman » – se trouvait en contrebas, entourée par une myriade de fleurs. Sybille se dirigea vers une dalle d'où émergeait un tuyau. Elle tira un peu d'eau dans un seau en fer abandonné. Ensemble, ils arrosèrent les plantes en pots déjà bien asséchées par le soleil et Joshua replaça une gerbe de fleurs qui avait glissé sur la tombe en marbre noir. Une jolie photo de Catherine rayonnait dans l'ovale incrusté au sommet de la stèle entre les deux hirondelles. Joshua sentit une intense émotion le submerger alors qu'ils se recueillaient quelques secondes. Il fouilla dans sa poche pour trouver l'ultime cadeau qu'il avait décidé de faire à sa mère. La petite croix en argent scintilla dans la paume de sa main et il se pencha en avant pour la fixer autour du portrait. Cet objet lui avait appartenu et il fallait qu'il lui revienne. « Faut toujours qu'un enfant ait un objet de ses parents, ça permet de jamais l'oublier », répétait André dans un coin de sa tête. Oui, mais Joshua ne risquait pas d'oublier la mère qu'il venait de se découvrir. Il souhaitait au contraire lui donner quelque chose, un cadeau qu'il n'avait jamais pu faire de son vivant. Il sentit la main de Sybille se refermer sur la sienne alors qu'ils se tenaient là, tous les deux immobiles au milieu de ce paysage splendide. Plus haut dans la montagne, la silhouette du *Bellevue Grand Palace* se dressait toujours, témoin immuable de tant de drames. Joshua pensa à Robert, le gardien. Il avait pleuré comme un enfant en récupérant la branche du cerisier pétrifié. Dans quelques mois ou quelques années, Joshua retournerait là-bas avec sa sœur pour l'aider à exorciser les démons de leur passé. Il inclina la tête vers Sybille et lui sourit pour donner le signal du départ. Il avait de la chance qu'une fille comme elle s'intéresse à lui. Qui était-il déjà ? Il était Joshua Auberson, pas si simple flic de la police vaudoise. Il était Joshua Auberson, enfant abandonné né dans les entrailles de la terre et survivant de l'*Avalanche Hôtel*. Oui il était tout ça. Et aujourd'hui, il n'avait besoin de rien de plus.

When shadows fall and trees whisper day is ending,
My thoughts are ever wending home,
When crickets call, my heart is forever yearning,
Once more to be returning home.

When the hills conceal the setting sun,
Stars begin unpeeping one by one,
Night covers all and though fortune may forsake me,
Sweet dreams will never take me home.

Henry Hall and His Gleneagles Hotel Band,
« Home », 1924

Remerciements

Avalanche Hôtel n'est pas un roman comme les autres. Il est né de la découverte d'une image : celle d'un vieux palace abandonné, entouré de montagnes. Une image qui m'a fasciné, envoûté au point de m'amener à quitter ma ville et mon pays pour le visiter et explorer ses couloirs. Comme Joshua, j'ai senti le « lien » et il m'a guidé pendant toute l'écriture du roman.

Et puis le destin a fait en sorte de m'ouvrir les portes. D'abord celles de la police de la Riviera grâce à Nicolas Feuz et au commandant Ruben Melikian (excusez-moi, commandant, je me suis permis de vous faire un clin d'œil dans le roman), ensuite celles du cerveau humain et de la mémoire à travers les travaux incroyables d'Oliver Sacks (et sa magnifique biographie, *En mouvement*) et les écrits de Patrick Modiano et Umberto Eco sur la mémoire et l'oubli. Comme mon héros, je me suis trouvé des liens à travers le temps et l'espace entre des histoires, des sensations et des lieux. Comme lui, j'ai songé obstinément à cette question : qui suis-je réellement ? Je n'ai toujours pas la réponse, mais j'aimerais remercier toutes ces personnes qui m'ont passionné et profondément inspiré par leur talent. Et puis, forcément, il y a l'ombre du maître King et la musique de bal du *Shining* de Kubrick qui ne m'a pas quitté pendant toute l'écriture. Et puis j'aimerais enfin et surtout remercier Dorothée, sans laquelle ce voyage intérieur n'aurait jamais eu lieu.

Un roman est une aventure et celle-ci restera gravée parmi les plus belles.

For Ever And Ever.

Composition et mise en pages
Nord Compo à Villeneuve-d'Ascq

Achevé d'imprimer en décembre 2018
par CPI Brodard et Taupin à la Flèche (Sarthe)
pour le compte des éditions Calmann-Lévy
21, rue du Montparnasse 75006 Paris

PAPIER À BASE DE FIBRES CERTIFIÉES

CALMANN LEVY s'engage pour l'environnement en réduisant l'empreinte carbone de ses livres. Celle de cet exemplaire est de :

310 g éq. CO_2

Rendez-vous sur www.calmanr-levy-durable.fr

N° d'éditeur : 4024590/01
N° d'imprimeur : 3031497
Dépôt légal : janvier 2019
Imprimé en France.